I0646981

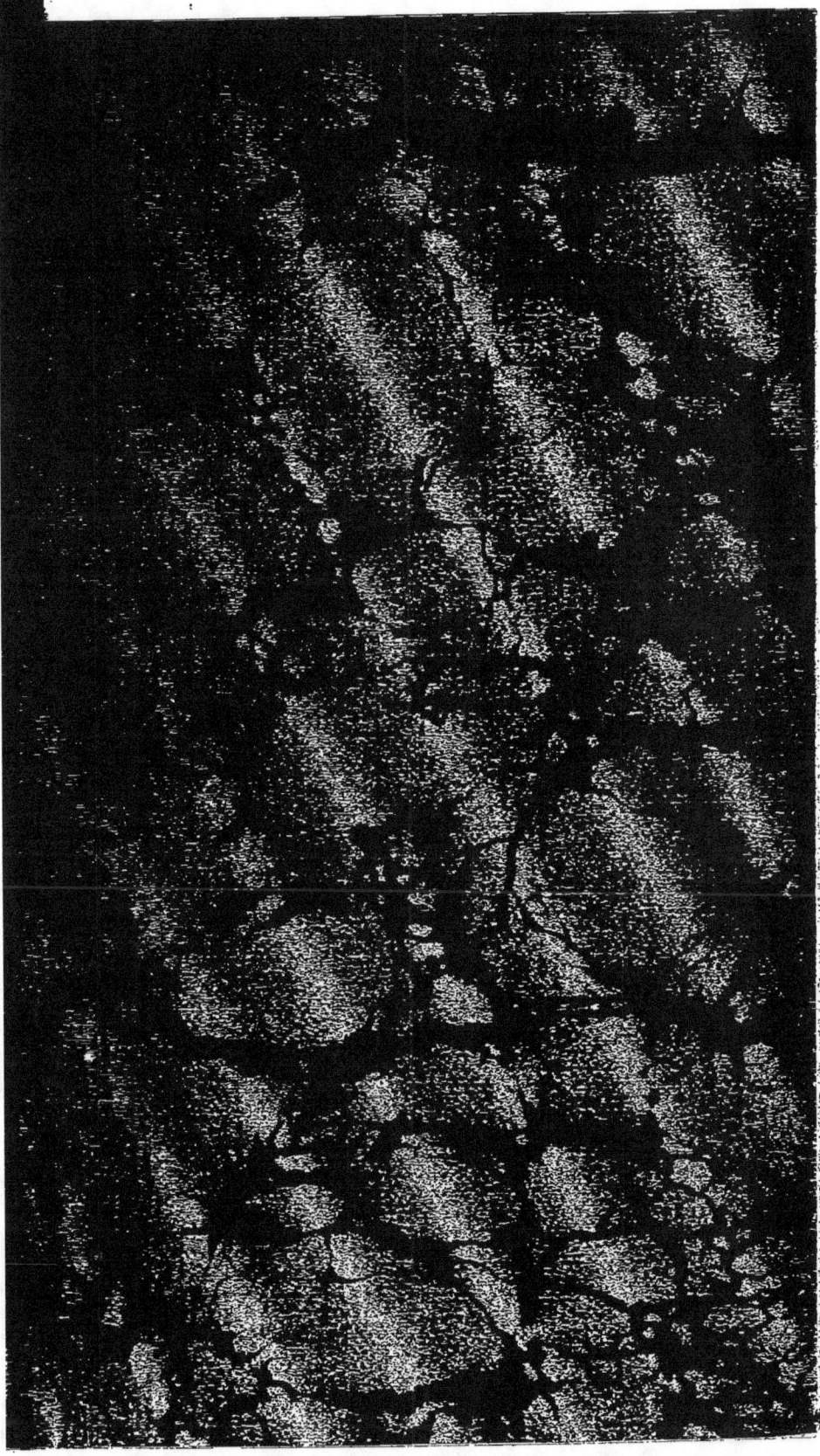

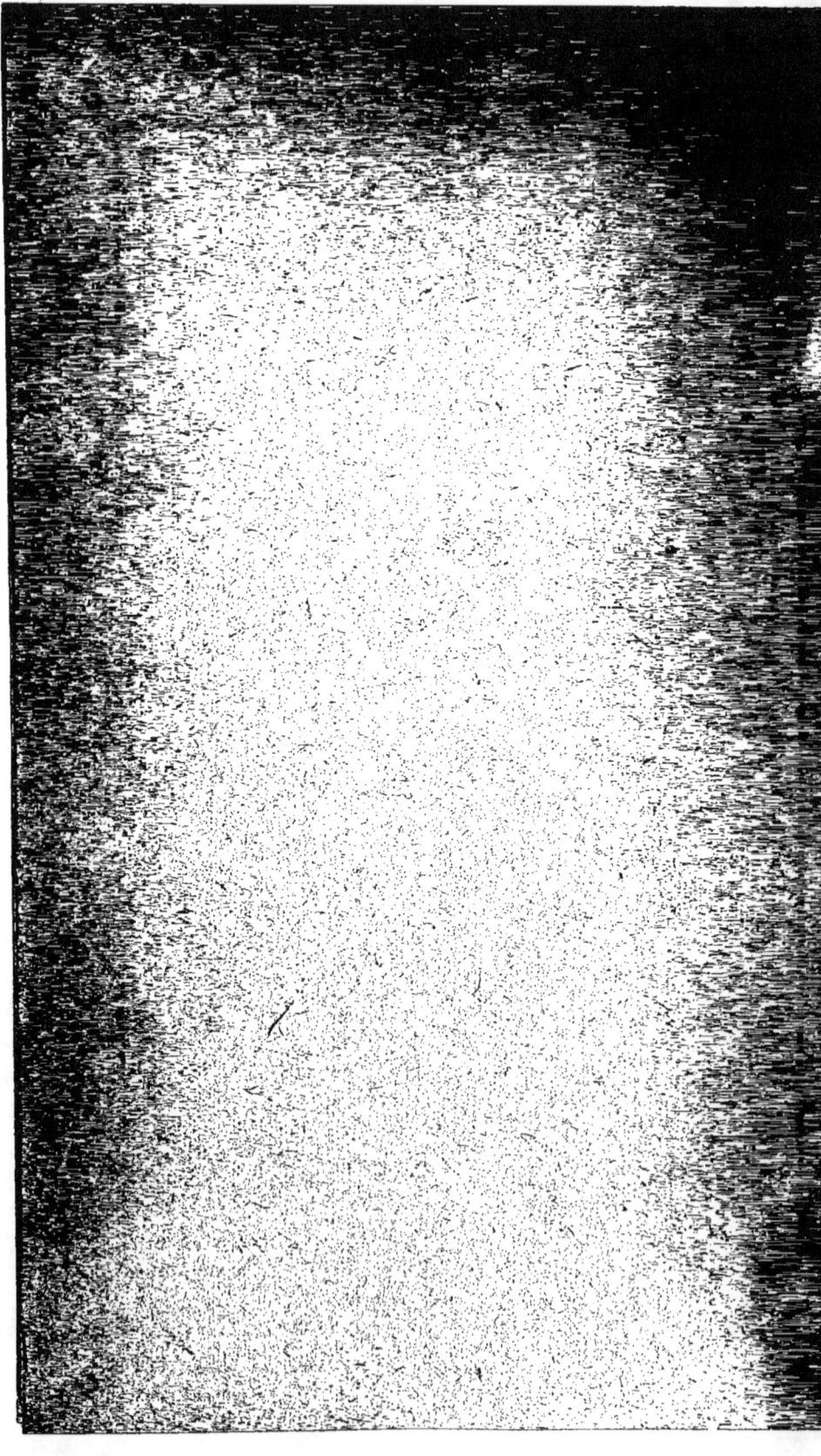

BIBLIOTHÈQUE ROSE ILLUSTRÉE

HISTORIETTES

VÉRITABLES

POUR

LES ENFANTS DE QUATRE A HUIT ANS

PAR Mᵐᵉ Z. CARRAUD

OUVRAGE ILLUSTRÉ DE 94 VIGNETTES

PAR G. FATH

110³⁸

PARIS

LIBRAIRIE HACHETTE ET Cⁱᵉ

BOULEVARD SAINT-GERMAIN, 79

PRIX : 2 FRANCS 25

BIBLIOTHÈQUE ROSE ILLUSTRÉE

POUR LES ENFANTS ET POUR LES ADOLESCENTS

FORMAT IN-18 JÉSUS

On peut se procurer chaque volume, relié en percaline, tranches jaspées, moyennant 75 centimes ; en percaline, tranches dorées, moyennant 1 franc en sus du prix marqué.

Andersen. *Contes choisis*, traduits par Soldi. 40 vign. par Bertall.

Anonymes. *Chien et Chat.* 2e édition. 1 vol. traduit de l'anglais par Mme A. Dibarrart. 45 vignettes par Bayard.

— *Douze histoires pour les enfants de quatre à huit ans*, par une mère de famille. 3e édit. 1 vol. en gros caractères, 18 grandes vignettes par Bertall.

— *Les Enfants d'aujourd'hui*, du même auteur. 1 vol. 40 vign. par Bertall.

Anonyme. *Les Fêtes d'enfants.* Scènes et dialogues, avec une préface de M. l'abbé Bautain. 1 vol. illustré.

Aunet (Mme L. d'). *Voyage d'une femme au Spitzberg.* 1 vol. 35 vign.

Barrau (Th. H.). *Amour filial*, récits à la jeunesse. 1 vol. 41 vign. par Ferogio.

Bawr (Mme de). *Nouveaux contes.* 2e éd. 1 vol. 40 vign. par Bertall.

Beleze. *Jeux des adolescents.* 3e édition. 1 vol. 110 vignettes.

Bernardin de Saint-Pierre. *OEuvres choisies.* 1 vol. 70 vignettes par Bayard.

Berquin. *Choix de petits drames et de contes.* 1 vol. 40 vign. par Foulquier, etc.

Berthet (Élie). *L'Enfant des bois.* 2e éd. 1 vol. 61 vignettes.

Blanchère (de la). *Les Aventures de la Ramée.* 1 vol. 20 vignettes par Forest.

— *Oncle Tobie le pêcheur.* 2e édt. 1 vol. illustré.

Boiteau (P.). *Légendes recueillies ou composées pour les enfants.* 2e édition. 1 vol. 42 vignettes par Bertall.

Carraud (Mme Z.). *Historiettes véritables pour les enfants de 4 à 8 ans.* 2e édit. 1 vol. 94 vignettes par Faïh.

— *La petite Jeanne, ou le Devoir.* 3e éd. 1 vol. 20 vignettes par Forest.

— *Les Métamorphoses d'une goutte d'eau*, suivies des *Aventures d'une Fourmi*, etc. 1 vol. 50 vignettes par Bayard.

Castillon (A.). *Les Récréations physiques.* 2e édition. 1 vol. 36 vign. par Castelli.

— *Les Récréations chimiques* (suite aux *Récréations physiques*). 1 vol. 34 vign.

Catlin. *La Vie chez les Indiens*, 2e édit. 1 vol. 20 vignettes.

Cervantès. *Histoire de l'admirable Don Quichotte de la Manche*, à l'usage des enfants. 1 vol. 54 vign. par Bertall et Forest.

Chabreul (Mme de). *Jeux et Exercices des jeunes filles.* 2e édit. 1 vol. 50 vign. par Faïh et la musique des rondes.

Colet (Mme L.). *Enfances célèbres.* 5e éd. 1 vol. 57 vign. par Foulquier

Contes anglais, trad. par Mmes de Witt. 1 vol. 30 vign. par E. Morin.

Edgeworth (miss). *Contes de l'adolescence.* 1 vol. 22 vignettes.

— *Contes de l'enfance.* 1 vol. 22 vignettes.

Faïh (G.). *La Sagesse des enfants*, proverbes ill. de 100 vign. par l'auteur. 1 v.

Fénelon. *Fables.* 1 vol. 20 vignettes par Forest et E. Bayard.

Foë (de). *Robinson Crusoé.* édit. abrégée 1 vol. 40 vignettes.

Genlis (Mme de). *Contes moraux.* 1 vol. 40 vignettes par Foulquier, etc.

Gouraud (Mme Julie). *Cécile, ou la Petite sœur.* 1 vol. 27 vign. par Desandré.

— *Le Petit Colporteur.* 1 vol. 30 vignettes par A. de Neuville.

— *Lettres de deux Poupées.* 2e édit. 1 vol. 53 vignettes par Olivier.

— *Les Mémoires d'un petit Garçon.* 2e éd. 1 vol. illustré par E. Bayard.

— *Les Mémoires d'un caniche.* 1 vol. illus. de 75 vign. par E. Bayard.

Grimm (les frères). *Contes choisis.* 1 vol. 40 vignettes par Bertall.

Hauff. *La Caravane.* 1 vol. 40 vignettes par Bertall.

— *L'Auberge du Spessart.* 1 vol. 61 vignettes par Bertall.

Hawthorne. *Le Livre des merveilles.* 2 vol. 40 vignettes par Bertall.

Hervé et de Lanoye. *Voyage dans les glaces du pôle arctique.* 2e édit. 1 vol. illustré de 40 vign.

Homère. *L'Iliade et l'Odyssée*, traduites par P. Giguet et abrégées par A. Feillet. 1 vol. 23 vign. par Leberton, etc.

Isle (Mlle Henriette d'). *Histoire de deux âmes.* 1 vol. 53 vignettes par J. Devaux.

Lanoye (Ferd. de). *Les grandes Scènes de la nature.* 1 vol. avec vignettes.

— *La Sibérie.* 1 vol. 40 vign. par Leberton

— *La Mer polaire*, voyage de l'*Érèbe* et de la *Terreur*, et expédition à la recherche de Franklin. 2e édit. 1 vol. illustré de 28 vign. et accompagné de cartes.

— *Ramsès le Grand, ou l'Égypte il y a 3300 ans.* 1 vol. 40 vign. par Lancelot, etc.

HISTORIÈTTES

VÉRITABLES

OUVRAGES DE Mme Z. CARRAUD

QUI FONT PARTIE DE LA BIBLIOTHÈQUE ROSE ILLUSTRÉE

(Format in-18 jésus)

La Petite Jeanne ou le **Devoir**. 1 vol. illustré de 20 vignettes, broché, 2 fr. 25 c

Les Métamorphoses d'une Goutte d'Eau, suivies des *Aventures d'une Fourmi*, des *Guêpes*, de *la Goutte de Rosée*, etc. 1 vol. illustré de 50 vignettes, broché, 2 fr. 25 c.

Les goûters de la grand'mère. 1 vol. illustré de 18 vignettes, broché, 2 fr. 25 c.

23 551. — Typographie A. Lahure, rue de Fleurus, 9, à Paris.

HISTORIETTES

VÉRITABLES

POUR

LES ENFANTS DE QUATRE A HUIT ANS

PAR MME Z. CARRAUD

OUVRAGE ILLUSTRÉ DE 94 VIGNETTES

PAR G. FATH

CINQUIÈME ÉDITION

PARIS

LIBRAIRIE HACHETTE ET Cie

79, BOULEVARD SAINT-GERMAIN, 79

1879

HISTORIETTES VÉRITABLES.

LE REFUS.

Tous les soirs, quand il fallait se coucher, Georgette demandait un quart d'heure de grâce.

« Ma fille, lui disait sa mère, dans un

quart d'heure tu auras tout autant de peine à nous quitter que maintenant.

— Ma petite maman, c'est beaucoup, quinze minutes de plaisir !

— Ma chère, si tu veux être contente de toi, il faut savoir obéir. Comment n'as-tu pas compris que si je te refuse chaque soir une faveur si légère, c'est parce que j'y suis forcée par mon devoir ? »

LES CHAPEAUX.

Alice et Edith ayant déjà, l'une douze ans, l'autre treize, recevaient de leur mère une petite pension pour leur toilette, et elles soignaient beaucoup leurs effets afin de les faire durer longtemps. Vers le mois de novembre, leur mère leur dit :

« Mes chères petites filles, il est temps de penser aux chapeaux d'hiver.

—Maman, répondit Alice, je crois que les nôtres pourront bien servir cet hiver encore, car ils ne sont pas fanés. Nous voudrions acheter une bonne couverture de laine à cette pauvre mère Blin dont la cabane est si froide.

—Mes enfants, je vous laisse libres d'agir comme il vous plaira.

Chaque fois que les deux sœurs mettaient leurs vieux chapeaux, elles se regardaient en souriant: c'est qu'alors elles pensaient à la joie qu'avait eue la bonne vieille quand elles avaient étendu la couverture sur son lit.

LE BON PETIT GARÇON.

« Mère, il y a un pauvre petit ramoneur dans la cuisine qui a une chemise toute déchirée, voulez-vous que je lui donne une des miennes ?

— Oui certainement, mon ami, je le veux bien !

— Il n'a pas de bas aux jambes, et il fait si froid !

—Donne-lui aussi des bas, j'y consens.

— Maman, je lui en donnerai de bons ; car il n'a pas de mère pour lui raccommoder ses vêtements, ce pauvre petit ! »

L'enfant courut chercher une chemise et des bas ; il les porta au ramoneur, et il lui donna en même temps une pièce de monnaie toute neuve qu'il avait dans sa bourse.

LA NÉGLIGENCE.

Ève et Marie apportèrent à leur mère une layette qu'elles venaient de faire pour un pauvre enfant.

« Mes petites filles, dit la mère, voilà qui est bien mal cousu.

— Oh ! mon Dieu, dit Ève, la mère de ce petit enfant eût bien plus mal cousu encore !

— C'est possible, ma chère, mais cela ne vous excuse pas, car vous auriez pu mieux faire. Cette femme ne croira pas que vous lui portiez intérêt puisque vous avez mis si peu de soin à faire la layette que vous donnez à son enfant; et votre cadeau, loin de la réjouir, l'humiliera peut-être, sachez donc, mes chères enfants, qu'il n'y a pas de bonne excuse à la négligence. »

LE MIROIR.

Gabrielle, d'un coup de raquette, cassa
le miroir de sa grand'mère, et revint chez
elle sans en rien dire. La vieille dame in-
terrogea ses domestiques qui affirmèrent
n'avoir pas connaissance de l'accident. Depuis ce jour, Gabrielle évitait de retourner
chez sa bonne maman. Un soir, pourtant,
sa mère l'y conduisit, et l'enfant rougit

beaucoup en regardant la toilette où il ne restait plus qu'un morceau de miroir. La grand'mère devina tout, et, la faisant approcher, elle lui dit doucement:

« Ma chère petite-fille, en cassant mon miroir, tu n'as fait qu'une maladresse bien pardonnable; mais en m'exposant à soupçonner quelque domestique, et en doutant de mon indulgence, tu as fait une faute grave. »

LE CHIEN.

Philiberte avait une peur extrême des chiens ; aussitôt qu'elle en voyait approcher un, elle poussait des cris perçants. Le gros chien de Terre-Neuve appartenant à son oncle l'effrayait plus que tout autre. Sa mère avait beau le caresser devant elle pour lui faire voir qu'il n'était pas méchant, Philiberte ne pouvait vaincre sa frayeur.

Elle se promenait un soir en bateau avec
son père. Comme elle était fort turbulente,
un brusque mouvement la fit tomber dans
l'étang. Le chien de son oncle se jeta
aussitôt à l'eau et la rapporta sur la rive.
Quand la petite fille eut bien compris qu'au
lieu de la mordre en la saisissant, le bon
chien l'avait sauvée sans lui faire le moindre mal, elle en fit le compagnon de ses
jeux et fut entièrement guérie de sa
frayeur.

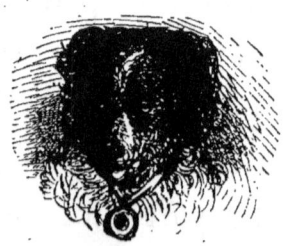

LA RÉPRIMANDE.

« Maman, dit Georgine, pendant que toute la famille était réunie au salon, ma tante est venue en votre absence. Je l'ai menée dans la serre pour voir *mes* fleurs ; ensuite je lui ai récité la f le de *la Cigale et la Fourmi*, et elle trouve que je dis fort bien les vers ; puis je lui ai montré ma tapisserie qu'elle trouve très-bien faite, puis....

— Mon enfant, il n'est pas bien a occuper ainsi tout le monde de soi. Une petite fille modeste ne parle point des compliments qu'elle reçoit, d'autant plus qu'elle les doit presque toujours à l'indulgente bonté des personnes qui les lui font. »

LA VANITÉ.

Quand Louise perdait au jeu elle disait :

« Oh ! je n'ai jamais eu de bonheur, moi ! »

Si elle projetait quelque promenade et que la pluie la forçât de rester à la maison ; ou bien s'il lui survenait quelque contrariété, elle s'écriait :

« Ces choses-là ne sont faites que pour moi ! »

Sa mère lui dit :

« Ma fille, tout ce que tu dis là prouve ta vanité, puisque tu t'imagines que tout n'est ordonné que pour toi, et que tu es l'objet de l'attention particulière de la Providence. Si tu réfléchissais à tout ce qui t'arrive d'heureux, tu la remercîrais humblement au lieu de te laisser aller à ce dépit ridicule. »

LA FANTAISIE.

Sophie désobéit un jour à son père :

« Comment, mon enfant, lui dit celui-ci, peux-tu faire une chose que je t'ai si positivement défendue? n'éprouves-tu donc rien en me désobéissant ainsi?

— Mais si, papa, j'éprouve quelque chose : il y a en moi comme un combat entre le désir de vous obéir et mon désir,

2

à moi, d'agir à ma fantaisie; et cette fois c'est ma fantaisie qui a été la plus forte.

— Sophie, si tu donnes ainsi la victoire à ta fantaisie malgré les avertissements de ta conscience, tu deviendras méchante : Dieu ne t'aimera plus, et personne ne voudra vivre avec toi. »

LA LECTURE.

Justine pleurait toujours quand il fallait prendre sa leçon de lecture. Mais quoique sa maman fût très-bonne, elle avait le courage de l'y forcer malgré ses larmes. Elle fut très-longtemps sans savoir lire; à la fin pourtant, elle parvint à lire comme tout le monde.

Ayant eu le malheur de se casser la

jambe, il lui fallut garder le lit deux mois tout entiers. Pendant tout ce temps, elle n'eut d'autre distraction que de lire les jolies histoires qu'on lui prêtait.

« Ah! chère maman! disait-elle, comme vous avez bien fait de ne pas tenir compte de mes larmes! que je serais à plaindre si je ne pouvais pas lire! »

LES PAUVRES.

Sylvanie était allée porter des vêtements à de pauvres enfants du voisinage ; en rentrant, elle dit à sa mère :

« Maman, ces enfants ne méritent pas d'être secourus.

— Pourquoi donc cela, ma fille?

— Parce que, aussitôt que je leur eus donné les vêtements que j'avais faits pour eux, ils se les ont arrachés en se disputant. Je vous assure qu'ils sont bien méchants !

— Mais non, Sylvanie. Les pauvres petits ne sont que grossiers. Il ne faut pas s'attendre à trouver de la politesse dans les pauvres qui n'ont reçu aucune espèce d'éducation. Il faut supporter leur grossièreté avec patience, et les en plaindre tout autant qu'on les plaint de leur grande misère. »

LES MARIONNETTES.

« Oh! ma petite mère, conduisez-moi
aux marionnettes, je vous en supplie!

— Ma fille, tu es trop enrhumée pour
sortir aujourd'hui.

—Maman, vous ne voulez donc pas
faire plaisir à votre petite fille?

— Mon enfant, tu sais bien que je fais
ce que tu désires toutes les fois que je le

puis ; mais mon devoir est de ne pas te faire plaisir, si ce plaisir t'expose à être malade. »

LE JOURNAL.

Ernestine n'aimait pas beaucoup la lecture, ce qui n'empêchait pas sa mère d'exiger chaque soir qu'elle lût tout haut pendant une demi-heure, afin d'apprendre à mettre le ton convenable, et à observer le repos indiqué par les points et les virgules. Souvent la petite fille obéissait de mauvaise grâce, et sa mère avait la bonté de n'y pas faire attention. Enfin, bon gré, mal gré, l'enfant apprit à très-bien faire la lecture à haute voix.

Son père eut un grand mal d'yeux et resta plus d'un mois sans pouvoir lire. Ce fut Ernestine qui lui lut son journal et ses lettres ; et elle fut si aise de lui être bonne à quelque chose, qu'elle alla remercier sa mère de l'avoir forcée à devenir bonne lectrice.

LA PETITE HIRONDELLE.

Jeanne parlait beaucoup; sans cesse elle était aux côtés de son père ou de sa mère, et leur disait mille jolies petites choses; mais vraiment, elle parlait un peu trop. Un jour qu'elle déjeunait dans le jardin avec ses parents, elle entendit une hirondelle qui, perchée sur la gouttière, gazouillait sans cesse. D'abord cela lui fit plaisir; puis, au bout de quelque temps Jeanne dit :

« Mais est-elle étourdissante, cette hirondelle ! Je suis sûre qu'elle sera bien fatiguée ce soir quand elle rentrera dans son nid.

— J'ai, dit le père, une petite hirondelle qui, comme celle-ci, ne se tait jamais, et ne croit certes pas être étourdissante ; et elle ne paraît pas fatiguée du tout quand elle se couche. »

Jeanne rougit et parla beaucoup moins depuis ce jour-là.

LE PETIT PRODIGUE.

Horace et André recevaient tous les mois une petite somme pour leurs menus plaisirs.

Au bout de quelques jours, il ne restait plus rien à André, et il eût été fort embarrassé de dire comment son argent avait été dépensé.

Son frère, au contraire, était économe

et il avait toujours un peu d'argent en réserve ; car il ne satisfaisait pas toutes ses fantaisies.

En se promenant, ils rencontrèrent un pauvre voyageur dont les pieds étaient tout écorchés parce qu'il n'avait pas de chaussures.

« Mon frère, dit André, qui avait un bon cœur, il faut conduire ce pauvre homme chez le cordonnier, et nous lui achèterons des souliers.

— Je le veux bien, » répondit Horace.

Et ils conduisirent le pauvre avec eux.

Quand il fallut payer le cordonnier, Horace donna la moitié de la somme ; mais André, qui n'avait pas d'argent, rougit beaucoup, et pria son frère de payer pour lui :

« Je te le rendrai quand je toucherai mon mois.

— André, je t'en prie, ne me rends

rien; laisse moi tout le plaisir de cette bonne action ! »

André fut si confus qu'il se promit bien d'être plus économe à l'avenir.

UNE BONNE LEÇON.

Marie ne rangeait jamais ni sa chambre,
ni ses livres, ni ses joujoux, ce qui con-
trariait beaucoup ses parents. Un jour,
elle laissa tout dans le plus grand désordre
pour aller chercher ses petites amies
qu'elle avait priées à goûter avec elle.
Comme elles rentraient toutes ensemble,
elles virent la robe de chambre de Marie

attachée au balcon, puis son mantelet accroché à la robe de chambre, puis une pèlerine brodée, puis sa belle écharpe tenant suspendue sa grande poupée qui portait une grammaire dans les bras. Les petites filles rirent beaucoup en voyant cela; Marie en fut si confuse qu'elle profita de cette leçon et tint toujours ses effets parfaitement en ordre.

LA FAUTE

« Cher papa, je n'ose pas aller à table.

— Pourquoi donc ma fille?

— Parce que j'ai trompé maman. Elle m'avait défendu d'aller au village, et pourtant j'y suis allée : puis je lui ai dit que je n'avais pas quitté la maison.

— Mais tout cela est fort mal. Comment,

enfant, as-tu pu te résoudre à tromper la confiance de ta mère?

— C'est que j'avais grande envie de voir ma sœur de lait. Papa, que vais-je dire à maman quand elle me demandera ce que j'ai fait pendant la journée?

— Tu lui diras tout simplement la vérité.

— Ah! je n'en aurai jamais le courage. Si vous sentiez comme mon cœur bat!

— Le plaisir que tu as eu chez ta sœur de lait a-t-il été aussi vif que le chagrin que tu éprouves en ce moment?

— Oh! non, je vous l'assure!

— Tu vois, petite, ce que c'est qu'une faute! »

Il fallut bien se mettre à table pourtant.

« Comme tu es pâle et agitée, mon enfant! dit la mère. As-tu donc été malade?

— Non, maman.

— Pourquoi dis-tu donc cela en tremblant? tu as l'air d'une coupable. »

A ces mots, la pauvre petite fille fondit
en larmes.

« Viens m'embrasser, ma fille, et dis-
moi ce qui s'est passé.

— Ma mère, je vous ai trompée, je suis
allée au village.

— Je n'ai pas le courage d'ajouter encore à ta peine en te grondant, ma fille.
Mais tu vois que lorsque l'on s'est rendu
coupable, on n'a pas le cœur tranquille. »

LA FAUSSE HONTE.

C'était un jour de foire ; Cléonice était arrêtée avec sa bonne devant une boutique de joujoux.

A côté d'elle, une pauvre femme ayant un enfant sur les bras dit au marchand :

« Si je vous demandais l'aumône, vous ne me refuseriez pas ? Eh bien ! donnez à mon pauvre petit ce jouet qui ne vaut pas trois sous! »

Le marchand refusa durement quoique l'enfant tendît ses petites mains vers lui.

Le premier mouvement de Cléonice fut de donner le jouet et bien d'autres encore à l'enfant; mais il y avait beaucoup de monde devant l'étalage, et elle n'eut pas le courage de faire une bonne action qui aurait attiré l'attention sur elle.

Sa bonne la mena ensuite chez le pâtissier pour acheter du dessert. A peine Cléonice était-elle entrée qu'un petit garçon de trois à quatre ans, joli comme un chérubin, se présenta au comptoir avec un sou et demanda un gâteau. Il n'y en avait pas de ce prix-là!

Une larme brilla dans les yeux du petit garçon et il sortit sans rien dire; puis, se plaçant au dehors, près du vitrage, il regarda tristement toutes ces friandises dont il ne pouvait avoir sa part.

Cléonice eût bien voulu prendre une assiette de gâteaux et en remplir les mains et les poches de ce pauvre enfant; mais il fallait donner les gâteaux devant le pâtissier ou bien dans la rue qui était pleine de passants : le courage lui manqua encore une fois.

La petite fille rentra chez sa mère le cœur gros et mécontente d'elle-même.

Plus d'une fois elle entendit dans ses rêves la voix du petit qui demandait un joujou, et elle vit le regard désolé de celui qui contemplait les gâteaux!

LA GOURMANDISE

« Ma petite Justine, je ne suis pas contente de toi; tu t'es mal comportée au goûter que t'ont donné tes amies.

— En quoi donc, bonne mère, me suis-je si mal comportée?

— D'abord, quand tu as vu toutes les friandises qui couvraient la table, tes yeux se sont allumés et tu n'as plus pensé à autre chose.

— Maman, c'était bien naturel, j'aimais tant ce qu'on a servi !

— Ensuite, lorsque l'on a passé des gâteaux et des fruits, tu as touché à chacun d'eux afin de bien choisir le meilleur et le plus beau.

— Mais, maman, pourquoi aurai-je pris le premier venu quand je pouvais choisir le meilleur ?

Ma fille, il est honteux de ressentir un aussi vif plaisir à la vue d'un repas, et peu aimable de ne laisser à ses compagnes que les fruits et les gâteaux que l'on a dédaignés. Tout cela décèle la gourmandise : et la gourmandise est un ignoble défaut qui nous rapproche des animaux. Elle t'a fait préférer le plaisir grossier de satisfaire ton appétit au plaisir délicat d'être agréable à autrui.

— C'est bien vrai tout ce que vous dites

là, mère : et, quand je ne suis plus à table, j'ai bien souvent honte de moi ; mais aussitôt que je vois de bonnes choses, j'oublie tout ! Pourquoi Dieu a-t-il donné à notre nourriture la saveur et le parfum ? si elle était insipide, il n'y aurait pas de gourmands !

— Ma fille, Dieu, dans sa bonté, a donné le parfum et la saveur à notre nourriture pour solliciter notre appétit, et pour que la satisfaction de notre faim nous fût une source d'agréables sensations ; mais on l'offense toujours en abusant de ses dons ; ne l'oublie pas, mon enfant, car on ne saurait être heureux quand on a offensé Dieu. »

AIMEZ-VOUS LES UNS LES AUTRES.

— Deux sœurs se disputaient un livre d'images que chacune d'elles voulait avoir à elle seule; et comme elles étaient fort têtues l'une et l'autre, c'était à qui ne céderait pas.

Après s'être dit de fort vilaines paroles en se disputant, elles tirèrent le livre chacune de son côté, et il n'eût pas tardé à être déchiré si leur mère, attirée par le bruit, ne fût survenue.

« Pourquoi tous ces cris, mes enfants ? leur dit-elle.

— Maman ! maman ! s'écrièrent-elles toutes les deux à la fois, elle ne veut pas me laisser voir les images avec elle ! Écoutez-moi, mère, et vous jugerez qui de nous deux a raison !

— Mes chères filles, je ne veux rien entendre ; seulement je vous dirai : « Aimez-vous tendrement l'une l'autre ! » et vous serez bientôt d'accord. »

Et elle sortit.

Cette parole frappa les deux sœurs. Elles se jetèrent dans les bras l'une de l'autre, toutes rouges de honte ; car il y avait eu un instant où elles ne s'aimaient plus guère.

Depuis ce jour, elles ne se disputèrent plus ; et si quelquefois leur humeur querelleuse cherchait à reparaître, elles se rappelaient cette parole de l'Evangile que leur avait dite leur mère :

« Aimez-vous les uns les autres ! »
et aussitôt la paix rentrait dans leur âme.

LA POLITESSE.

Thomasine se trouvant chez sa grand'-mèrè, eut soif, et la pria de lui faire donner à boire. La vieille dame sonna sa femme de chambre et lui dit :

« Annette, faites un verre de limonade pour ma petite-fille, je vous prie. »

Et comme elle regardait l'enfant en achevant ces mots, elle surprit un sourire

tant soit peu moqueur errer sur ses lèvres.

« Qui te fait sourire ainsi, ma fille? lui
dit-elle aussitôt qu'Annette eut quitté le
salon.

— C'est que, répondit Thomasine avec
embarras, c'est que, pardonnez-moi cette
remarque, vous parlez à votre femme de
chambre avec une politesse que je trouve
bien superflue envers une servante.

— Pourquoi trouves-tu la politesse inutile envers les gens qui nous servent?

— Parce que, chère bonne maman, leur
devoir est d'exécuter les ordres qu'ils re-
çoivent.

— C'est juste; mais notre devoir, à
nous, est de leur faire aimer la supériorité
que le hasard de la fortune, et surtout
les bienfaits de l'éducation nous donnent
sur eux. Vivant continuellement avec eux,
nous leur devons l'exemple de tout ce qui
est bien, de la politesse comme de toute

«Annette, faites un verre de limodade pour ma petite-fille. » (P. 51.)

autre bonne habitude. Nos bons procédés
envers les domestiques comblent la distance qui nous en sépare; et la considé-
ration que nous leur témoignons les re-
lève à leurs propres yeux, et les pousse à
veiller sur eux-mêmes, ce qui les améliore
beaucoup. Si l'on a quelques reproches à
leur faire, il faut éviter avec soin toute
parole blessante; car si nous manquons
de retenue, nous qui sommes bien élevés,
comment pourrons-nous en exiger d'eux?
D'ailleurs, ma bien-aimée, nous devons
faire le bien pour le bien lui-même, sans
nous préoccuper d'autre chose. »

LA PETITE ÉGOISTE.

Alphonsine qui n'aimait pas à rendre service, trouvait toujours quelques prétextes
pour refuser ceux qu'on lui demandait, ce
qui affligeait beaucoup son père.

Un jour qu'il lui reprochait son peu de
complaisance, l'enfant dit :

« Papa, pourquoi m'occuperais–je des
autres, moi qui sais fort bien me passer

de tout le monde et qui ne demande jamais rien à personne?

— Parce que, d'abord, la loi de Dieu prescrit de s'occuper du prochain. Mais où as-tu pris que tu puisses te passer de tout le monde? Plus de cent personnes, plus de mille, même, sont sans cesse occupées à te procurer tout ce qui t'est nécessaire.

— Oh! cher papa, ce serait une chose bien difficile à prouver, je crois!

— Nous allons voir! Sans parler des services que tu reçois chaque jour à la maison, le porte-crayon que tu tiens à la main va me fournir ces preuves que tu me demandes.

« L'argent dont il est fait se trouve dans les mines profondes de l'Amérique, d'où il est extrait par des ouvriers; d'autres l'affinent, et ensuite il est remis à des hommes qui le transportent au port d'embarquement.

« Les navires qui vont le chercher sont

faits de bois qui vient de Norwége, où il a été abattu et équarri. Une fois dans nos chantiers, ce bois est mis en œuvre par des centaines de charpentiers qui construisent le navire, lequel est chevillé en cuivre. Ce cuivre, amené de pays lointains, est travaillé et façonné par d'autres hommes. Les voiles et les cordages nécessitent la culture du chanvre, qui occupe des femmes et des hommes pour le rendre propre à l'emploi qu'on en veut faire.

« Enfin, les ferrements du vaisseau ont passé successivement en un très-grand nombre de mains, depuis celles du mineur, qui extrait le minerai de la terre, jusqu'au forgeron, qui lui donne la dernière façon.

« Les matelots qui conduisent le navire embarquent les provisions, ce qui demande le concours d'un certain nombre de gens.

« Quoique j'omette de mentionner une

bonne partie de la main-d'œuvre nécessaire à confectionner ce petit objet qui a si peu d'importance, tu peux comprendre, mon enfant, que tu as besoin du concours de bien des gens pour te procurer chacune des choses qui sont à ton usage. »

Alphonsine resta toute pensive. Son père lui dit alors :

« Comprends-tu, ma fille, ce que cela nous enseigne? c'est que Dieu a fait de l'échange mutuel des services la condition nécessaire de l'existence des sociétés. L'homme seul ne peut rien, et si l'on prenait au mot ceux qui, comme toi, prétendent n'avoir besoin de personne, ils seraient bientôt réduits à la plus affreuse misère.

— Mais enfin, papa, ces hommes qui travaillent pour moi sont payés?

— Leurs services n'en sont pas moins très-réels, et s'ils nous les refusaient, notre argent ne nous serait d'aucune utilité.

Oblige donc ceux qui s'adressent à toi qui ne peux rendre de bien grands services, si tu veux un jour être une femme juste et bonne. »

UNE PROCESSION AU VILLAGE.

Chacun est debout avant l'aube pour achever les reposoirs à peine ébauchés la veille : les hommes apportent les ramées qu'ils viennent de couper dans le bois voisin ; les jeunes filles, et même les enfants, arrivent de tous côtés chargés de grandes herbes et de fleurs, tandis que les mères bercent leur nourrisson au seuil des maisons, voulant participer au grand œuvre, ne fût-ce que par leurs conseils; on crie, on s'appelle d'un bout de la rue à l'autre, dépensant inutilement une bonne partie de l'activité déployée pour la circonstance.

Mais voici la messe qui sonne, et toutes les fleurs ne sont pas placées, tous les cierges allumés!...

L'on se rend enfin à l'église où sont exposés aux regards des paroissiens émerveillés le dais blanc brodé d'or, et la bannière portant d'un côté l'image de la Vierge, et de l'autre celle de saint Martin, patron du lieu.

La messe entendue avec recueillement, la procession s'organise et se met en marche, suivie par la population tout entière, venue tout exprès des extrémités de la paroisse.

Les hommes ouvrent la marche, vêtus uniformément de blouses neuves, un cierge à la main et la tête découverte en signe de respect. Suivent les petits garçons dans leurs beaux habits et rangés sur deux files, comme les hommes. La bannière, portée par une jeune fille accompagnée de quatre autres tenant les cordons, et toutes vêtues de blanc, vient ensuite; puis les petits anges jetant des fleurs sous les pas de M. le curé dont la chape est tenue de chaque côté par deux d'entre eux. Et la foule suit le dais qu'elle regarde avec une satisfaction profonde; car on vient de l'acheter, ainsi que la bannière, avec le produit d'une quête spéciale à laquelle le plus pauvre n'a pas refusé son obole.

Mais l'on va rencontrer le ruisseau qui partage le village, et cette belle ordonnance sera rompue, car le pont est fort étroit.... les eaux ont été détournées, et le gué est garni de planches : douce surprise ménagée au pasteur !

Le premier reposoir que l'on rencontre, à l'intersection du chemin qui suit la procession et de la grande route, est une immense grotte toute de verdure, sobrement ornée de fleurs et constellée de lumières à demi cachées dans le feuillage; pour tapis, un gazon frais et ras sur lequel se dessine une croix en herbe plus haute : rien que cela! mais c'est simple, mais c'est touchant, placé ainsi aux abords du village dont on aperçoit déjà quelques maisons.

Après la bénédiction, l'on suit la route et l'on arrive au centre des habitations. Là, le reposoir est fait d'étoffes, garni de tapis et décoré de bouquets disposés dans des vases de toutes sortes, et de tous les flambeaux qu'on a pu réunir.

La route tourne à angle droit, et après un assez long trajet, l'on arrive à une large allée qui descend à la prairie et au bout de laquelle on trouve un calvaire tout de gazon, émaillé de fleurs de genêt. Là, tout est fleurs, jusqu'à la croix

La population enivrée de l'odeur de l'encens.... (Page 69.)

qui surmonte l'autel et aux flambeaux qui l'éclairent.

La population, enivrée de l'odeur de l'encens, marche recueillie et le cœur dilaté. Tout semble concourir à son bonheur : le soleil brille sur sa tête, et un magnifique tapis de verdure parsemé de fleurettes étincelantes s'étend sous ses pieds.

D'où vient donc la douce émotion qui gonfle le cœur de tous ces braves gens ? C'est que depuis plus de trente ans la paroisse était sans prêtre, et que les cérémonies du culte ne s'accomplissaient plus dans leur vieille église. Il fallait aller à la messe au chef-lieu du canton ; et c'était si loin !

Les vieillards seuls avaient vu jadis de semblables solennités dans le pays. Comme ils sont heureux tous ! comme la terre est douce à leurs pieds et l'air suave à leur poitrine ! Les reposoirs ont réuni en un commun désir ceux qui étaient divisés.

Pas un enfant n'a tourné la tête pendant cette longue procession, pas un assistant n'a parlé! Ils ont enfin leur curé, leur dais, leur bannière! Les enfants feront la première communion dans l'église où plus tard on les mariera, et d'où ils seront conduits au champ du repos.

EULALIE L'AVARE.

Eulalie avait de l'esprit et beaucoup de sensibilité, mais ces qualités étaient ternies par un grand défaut : elle était avare! Avare à dix ans, n'est-ce pas incroyable! Ce vilain défaut, le seul qui n'ait pas d'excuse, ne la rendait pas heureuse. D'abord elle se privait du bonheur sans égal de donner; puis il se livrait en elle un combat entre son bon cœur, qui la portait à secourir les pauvres, et son amour de l'argent, lequel, hélas! l'emportait toujours.

La bonne qui avait élevé Eulalie était mariée à un menuisier du voisinage, et se mourait d'une maladie de langueur; la petite fille allait chaque jour la voir. Les médecins, ne pouvant la sauver, avaient permis qu'on satisfît toutes ses fantaisies, et la malade en avait beaucoup! Quand Eulalie trouvait chez sa mère ce qui pouvait faire plaisir à sa bonne, elle le lui portait avec empressement; mais s'agissait-il de quelque chose qu'il fallût acheter, l'enfant n'eut jamais la générosité de le procurer à cette femme qu'elle aimait pourtant beaucoup.

Un jour, c'était à la fin de juin, Eulalie trouva la malade plus agitée qu'à l'ordinaire.

« Qu'as-tu donc aujourd'hui, ma bonne, lui dit-elle, que tu sembles si tourmentée?

Eulalie trouva la malade plus agitée. (Page 72.)

— Ma mignonne, je n'ose pas te le dire : c'est un véritable enfantillage.

— Dis-le toujours !

— Eh bien, j'ai une envie folle de manger du melon, et je pleure de ne pouvoir la satisfaire.

— Le médecin te l'a donc défendu ?

— Non vraiment !

— Pourquoi n'en manges-tu pas, alors ?

— C'est que, vois-tu, ma chère petite, les melons sont fort rares en cette saison. Il faudrait y mettre une trop grosse somme pour des ouvriers comme nous. Et pourtant, j'ai beau me dire cela, je ne puis me consoler d'être privée de goûter aux melons cette année.

— Console-toi, ils ne seront pas toujours aussi chers.

— Oui ; mais alors, où serai-je, moi ? »

Et la pauvre femme pleurait en parlant ainsi. Ses larmes émurent Eulalie ; en rentrant chez sa mère elle s'informe s'il y avait du melon; et comme la réponse fut négative, elle monte dans sa chambre, prend dans le tiroir de sa commode un tout petit coffret dont elle portait la clef au clou. Elle l'ouvre et regarde complaisamment le petit trésor qu'il contient. Son cœur bat d'aise en touchant toutes ces petites pièces d'argent. Elle les range sur la commode, les compte, les recompte, et se complaît si bien à cette besogne qu'elle en oublie entièrement pourquoi elle les a tirées du coffret.

Elle finit enfin par les remettre en place, et seulement alors elle songe à sa bonne. Elle prend en soupirant trois belles pièces d'un franc; mais au moment de fermer la boîte elle n'y tient pas, et les trois pièces vont rejoindre les autres. Le lendemain, elle prit sur la table du déjeuner une assiette de fraises parfumées; elle les sucra bien, puis elle les porta à la malade.

« Elles sont bien belles, dit celle-ci en

remerciant l'enfant ; mais moi, pauvre mignonne, rien ne me fait envie que du melon : j'y ai rêvé toute la nuit dans ma fièvre. Mourrai-je donc sans en avoir mangé encore une fois ! »

Frappée de ces paroles, Eulalie regarda sa bonne avec plus d'attention et fut singulièrement frappée de l'altération de ses traits. Elle pleura.

« Ne me plains pas, mon enfant, dit la pauvre femme ; il vaut mieux mourir que d'être une charge pour sa famille. Si j'avais seulement une bouchée de melon pour me ragoûter ! » et elle jeta sur Eulalie un regard suppliant qui voulait dire bien des choses. La petite fille le comprit et rentra chez elle bien résolue, cette fois, à donner une dernière satisfaction à celle qui l'avait si bien soignée dans son enfance. Elle ouvrit de nouveau le coffret, en tira les trois francs et les mit dans sa poche, puis elle descendit faire ses devoirs. De temps à autre elle mettait la main dans sa poche pour avoir le plaisir de sentir les trois pièces ; plus tard elle se dit qu'on pouvait bien remettre au lendemain l'emplette du melon, et que peut-être la fantaisie de sa bonne serait passée.

La pauvre femme expira dans la nuit !

Eulalie fut inconsolable de ne pas lui avoir fait ce dernier plaisir qu'évidemment elle attendait de l'enfant dont elle avait pris tant de soin. Le regard suppliant de la malade la poursuivit partout et éveilla des remords salutaires qui la corrigèrent de son avarice.

LA RÊVEUSE.

Adèle et Aglaé Salicis travaillaient as-
sises à l'ombre, près du ruisseau qui tra-
versait leur jardin; elles faisaient une
layette pour un pauvre enfant du voisinage. Adèle cousait assidûment, ne levant
la tête que de loin en loin pour jeter un
rapide coup d'œil sur le charmant paysage
qui s'étendait devant elle. Aglaé, l'aiguille
en main, écoutait le bruit de l'eau brisant

contre de gros cailloux qui entravaient son cours. Au lieu de travailler elle suivait des yeux les courses vagabondes des libellules au brillant corsage, et les papillons qui se posaient sur les iris en fleur.

« Mon Dieu ! ma sœur, s'écria-t-elle, comment peux-tu t'occuper de ton ouvrage en face de cette belle prairie que le soleil éclaire si bien ! Tu ne vois donc pas comme l'herbe est transparente, et comme les grandes ombres des peupliers font ressortir ce qui reste encore en pleine lumière ? Regarde donc un peu ces beaux nuages gris de perle ! Je voudrais être couchée sur l'un d'eux et parcourir la terre en un jour !

— Quoi ! sans manger ?

— Que tu es matérielle, ma sœur ! Pense-t-on jamais à rien de semblable quand on se laisse emporter par de doux rêves ! Quel malheur de ne pouvoir voler comme les oiseaux !

— Certes, ma chère, j'admire comme

Regarde donc un peu ces beaux nuages gris de perle. (Page 80).

6

oi les beautés de la nature ; mais si je me
iaissais aller aux charmes de cette contemplation, la layette ne se ferait pas, et le
pauvre petit qui l'attend souffrirait de ce
retard.

— Oh ! ma sœur, c'est si bon de voir
courir les nuages, d'écouter le chant des
oiseaux, de rêver enfin ! Conviens plutôt
que tu ne comprends rien *aux voix* du
ruisseau ni à celles des grands peupliers !
comme le dit fort bien mon frère, tu es
positive, toi !

— C'est bien possible ; mais, comme je
suis condamnée à habiter cette terre, je
comprends qu'il faut avant tout s'occuper
des gens qui ont besoin de nos services. »
La cloche du dîner mit fin à cette dis-
cussion.

Aglaé, chargée de couper un fort beau
melon, s'en réserva une bonne tranche
qu'elle mangea avec un plaisir marqué.

« Conviens ma sœur, lui dit Adèle en

souriant, que les choses matérielles o
bien aussi leur charme ! »

Aglaé ne daigna pas répondre, et conti
nua de manger comme une simple mo
telle douée d'un bon appétit.

Après dîner, la pauvre femme pour q
travaillaient les jeunes filles vint cherch
une partie des petits vêtements qu'on l
avait promis. Adèle lui remit ce qu'el
avait terminé le matin même; mais Agla
un peu confuse, ne put rien donner, et s
conscience lui reprocha cette négligenc
Ce premier moment de honte passé, ell
retourna au bord du ruisseau, s'étend
sur l'herbe, écoutant et voyant tout conf
sément, mais très-heureuse de cette vagu
rêverie.

Le lendemain il plut, et les jeunes fill
s'installèrent dans le salon. Bientôt Agla
bâilla et laissa tomber son aiguille : ell
prit un livre et le tint ouvert sans le lir
enfin, tout en elle décelait un grand ennu

« Ma fille, lui dit sa mère, es-tu donc malade, que tu ne travailles pas comme ta sœur ?

— Non, maman ; mais voyez un peu le temps qu'il fait ? N'est-ce pas à périr d'ennui ?

— Tu n'as donc pas envie aujourd'hui de voyager sur les nuages gris de perle ? » dit Adèle.

Aglaé se contenta de hausser les épaules.

« Mon enfant, continua la mère, quand on a l'esprit et les doigts occupés, l'on ne s'ennuie jamais.

— Si du moins nous étions en hiver, devant un bon feu, suivant des yeux la flamme capricieuse....

— Et voyant danser les follets et les salamandres sur les braises ! ajouta la maligne Adèle.

— Mais où donc trouver le courage de travailler par un temps pareil ! continua la rêveuse, sans écouter les paroles de sa sœur.

— Tu as donc beaucoup avancé ton ouvrage pendant ces beaux jours ? »

Aglaé rougit et reprit son aiguille.

« Veux-tu savoir pourquoi tu t'ennuies, ma fille ? c'est que tu es mécontente de toi-même. Ta conscience te reproche d'avoir préféré le plaisir de rêver à celui que ton travail devait procurer à une pauvre mère. Quand l'on est content de soi, l'ennui se tient à distance. La rêverie peut être poétique, mais c'est un plaisir dangereux parce qu'il dégoûte de la réalité et mène à l'égoïsme.

« Or, l'égoïsme est un affreux défaut chez une femme surtout ! »

LE NID.

« Ah ! mon frère, dit la petite Cécile à Jacques, vois-tu ce nid tout en haut du grand cerisier ? que je voudrais donc bien l'avoir ! car c'est un nid de chardonnerets, et j'aime tant ces jolis oiseaux-là ! »

Jacques, qui ne savait rien refuser à sa petite sœur, grimpa aussitôt sur l'arbre, et, au bout de quelques moments, Céline eut le nid entre les mains.

« Qu'ils sont charmants ces quatre petits ! s'écria-t-elle. Ils ont déjà quelques
plumes jaunes. »

Et comme Jacques ne répondait pas, la
petite fille le regarda et lui dit :

« Mais qu'as-tu donc, mon frère ? tu es
tout triste. Est-ce que tu as eu peur de
tomber quand tu étais sur l'arbre, ou bien
te serais-tu blessé ?

—Non, ce n'est pas là ce qui m'attriste ;
c'est qu'il me semble que j'ai fait mal en
enlevant ce nid de la place où il était si
bien à l'abri de la pluie et du soleil. Quand
j'ai voulu le prendre, la pauvre petite mère
est venue se percher sur une branche au-
dessus, et elle a crié de toute la force de
son gosier. Alors j'ai pensé au chagrin
qu'avait eu maman, cet hiver, quand tu
étais si malade et qu'elle craignait de te
perdre. J'allais descendre sans le nid, puis
je me suis dit qu'il valait mieux te faire
plaisir que de m'apitoyer sur un oiseau.

Mais entends-tu ces pauvres chardonnerets qui crient toujours? Tiens, ma sœur, je me trouve méchant d'avoir enlevé leurs petits.

— C'est vrai, Jacques, nous avons été méchants; mais comment faire? car, maintenant, je n'aurai plus de plaisir à élever ces oiseaux.

— Je vais mettre le nid dans une cage que nous suspendrons au cerisier et dont la porte restera ouverte; et pour dédommager le père et la mère de la peine que nous leur avons faite, nous leur donnerons à manger dans la cage, afin qu'ils ne se fatiguent plus à chercher leur nourriture. »

Pendant que Jacques allait préparer la cage, Céline examinait avec attention le nid qu'elle avait à la main; et quand son frère revint, elle lui dit:

« As-tu remarqué, Jacques, comme ce nid est bien construit? Regarde donc ce tissu d'herbes et de crins si bien ouaté avec de la laine ! est-ce solide et bien fait ?

— Il y a bien longtemps que je connais cela. Les oiseaux, en général, sont très-industrieux dans la confection de leurs nids qui ne laissent passer ni le vent ni la pluie. Vois comme celui-ci est revêtu extérieurement de ce petit lichen qui se trouve sur l'écorce des arbres ?

— Et pourquoi cela ?

— Pour donner au nid l'aspect des branches sur lesquelles il repose, afin que les ennemis des petits oiseaux l'aperçoivent plus difficilement.

— Mais où ces chardonnerets ont-ils pris ce crin et cette laine?

— Sur les chemins, aux buissons où les chevaux et les moutons laissent leurs dépouilles ; car rien ne se perd, vois-tu : tout a son emploi. Il est des oiseaux qui ramassent le duvet des graines, les plumes qui tombent, et s'ils n'en ont pas suffisam-

Jacques suspendit la cage. (Page 93.)

ment pour rendre bien douillet le berceau destiné à leurs petits, ils arrachent des leurs propres ; ce qu'il y a de remarquable, c'est que pas un ne salit son lit. »

Jacques suspendit la cage comme il l'avait dit ; puis il emmena sa petite sœur derrière une touffe de lilas pour qu'elle pût guetter les chardonnerets.

Les deux pauvres oiseaux, inquiets, voletaient de branche en branche, regardant de tous côtés avec méfiance ; enfin la petite mère se hasarda d'entrer dans la cage où elle appâta immédiatement ses petits qui piaillaient depuis longtemps ; le père vint à son tour voir sa couvée, et la petite famille sembla toute joyeuse de se trouver réunie.

Les deux enfants allèrent raconter à leur mère ce qu'ils avaient fait.

« Mes chers amis, leur dit-elle, je suis très-contente que vous ayez senti vous-mêmes combien il est cruel d'enlever les petits de ces oiseaux, d'autant plus que vous n'aviez pas la nécessité pour excuse; et Céline a fait preuve de bon cœur quand elle a sacrifié le plaisir qu'elle se promettait en élevant les chardonnerets; car tout plaisir qui cause un chagrin, ne fût-ce même qu'à un oiseau, est un plaisir de mauvais aloi.

LES MENSONGES.

Sœur Anne-Joseph était une sainte fille, tenant l'école de charité dans une petite ville. Elle aimait les enfants qui fréquentaient sa classe tout comme si elle eût été leur propre mère ; aussi aurait-elle bien voulu les corriger de leurs défauts, et c'était bien difficile ! La pauvre sœur avait surtout beaucoup de peine à leur faire comprendre combien le mensonge déplaît à Dieu, et combien il cause de mal en ce monde.

« Ma sœur, lui dit un jour une de ses meilleures écolières, je vous assure que nous ne mentons jamais !

—Tu crois cela, mon enfant, parce que tu ne dis rien contre la vérité ; mais on ne ment pas seulement en paroles : on ment en action et par omission. »

Les enfants ne comprirent pas.

Quelques jours après, sœur Anne-Joseph remarqua une petite fille, justement celle qui avait dit qu'elle ne mentait jamais, qui s'essuyait fréquemment la bouche. En l'observant avec attention, la sœur s'aperçut que, chaque fois qu'elle feignait de s'essuyer la bouche, elle y introduisait furtivement une cerise, malgré la défense de manger en classe.

Elle lui cria de sa chaire :

« Marinette, tu mens en ce moment !

— Moi ! ma sœur ! répondit l'enfant dont la parole était un peu embarrassée par la cerise qu'elle avait dans la bouche ; mais je ne dis rien !

— C'est vrai ! tu ne parles pas ; mais tu manges des cerises en cachette, tout en ayant l'air d'essuyer ta bouche. Eh bien, ma fille, c'est là un mensonge en action. »

Marinette, rougit, et un rire étouffé parcourut les bancs.

Un peu plus loin, la petite Sophie avait perdu son aiguille en dépliant son ouvrage. La sœur l'avait bien vu. Cependant l'enfant continuait d'agiter son bras, et l'on pouvait croire qu'elle cousait avec ardeur.

« Sophie, dit la sœur, apporte-moi ton ouvrage. »

La petite fille obéit avec une répugnance marquée.

« Mais qu'as-tu donc fait aujourd'hui,

mon enfant? ta chemise est encore au point où elle était hier ? »

Il fallut bien avouer qu'on avait perdu son aiguille.

« Eh bien! Sophie, quand tu as l'air de travailler avec tant de courage et que cependant tu ne fais rien, n'est-ce pas là un mensonge, quoique tu ne dises pas un mot? »

Sophie retourna toute confuse à sa place avec une nouvelle aiguille, et les rires recommencèrent.

Parmi les rieuses se distinguait une grosse blonde qui semblait étudier sa leçon avec beaucoup d'attention ; mais comme sa voisine faisait de grands efforts pour s'empêcher de rire, sœur Anne-Joseph, qu'on ne trompait pas facilement, suspecta l'application de la blonde, et, passant doucement derrière elle, saisit son livre et vit qu'elle le tenait à l'envers. Encore une qui mentait en action !

Il falut bien lavouer qu'on avait perdu son aignille. (Page 98.)

« Mes chères petites, dit-elle, vous êtes trop portées à rire des fautes de vos compagnes, et vous oubliez trop facilement que, vous aussi, vous faites des fautes !

« C'est mal, cela ! Ne savez-vous pas, mes enfants, qu'il faut être bon avant tout ? sans la bonté, tout le reste n'est rien. »

La sœur avait remarqué que, depuis quelque temps, une de ses écolières, fort douce et fort appliquée, n'arrivait pas pour l'ouverture de la classe du matin. Elle lui en fit des reproches, et l'enfant, fort timide, pleurait sans donner la moindre excuse.

Sœur Anne-Joseph, très-étonnée de l'inutilité de ses remontrances, prit des informations dans le faubourg qu'habitait la petite Marie-Louise. Elle apprit que cette enfant, qui n'avait pas de mère, et tenait tant bien que mal le ménage de son père,

allait de plus, tous les matins, laver le
linge de sa voisine malade et tout aussi
pauvre qu'elle; ses compagnes le savaient
bien !

Après la classe du soir, la sœur leur
dit :

« Vous m'entendez tous les jours reprocher à Marie-Louise son manque d'exac-
titude. La pauvre enfant ne s'est pas
excusée, et j'ai continué de blâmer sa négligence. J'apprends que cette bonne petite
rend service à une voisine malade. Vous
le saviez toutes, et pas une n'est venue me
le dire! et vous avez laissé gronder votre
compagne quand vous connaissiez bien
qu'elle ne le méritait pas ! Voilà, mes
amies, ce que j'appelle un mensonge par
omission; parce que vous avez omis de
dire la vérité quand il eût été bon de la
faire connaître.

« Rappelez-vous bien, enfants, qu'il ne
faut jamais se taire quand, en parlant, on

peut être utile ou agréable au prochain ;
car Dieu a dit : *Tu aimeras ton prochain
comme toi-même.* »

LES ÉCUREUILS.

Mme Tessan, aussitôt après la mort de son mari, se retira dans une jolie maison, près d'un village perdu au milieu des bois. Là, elle élevait sa fille Adeline loin du monde et de ses distractions.

Chaque jour elle lui faisait faire une longue promenade. Une après-midi, elles suivaient un petit chemin tout tapissé de

fin gazon entre de grandes haies en fleur;
elles rencontrèrent une petite fille gardant
six oies, et qui leur dit bonjour tout genti-
ment, contre l'ordinaire des pâtres qu'un
rien effarouche.

« Que comptes-tu donc faire de ces oies?
lui dit Adeline; est-ce pour les manger
que tu les élèves ?

— Oh ! non, mademoiselle; quand ma
mère les aura plumées trois fois, elle les
vendra, et nous achètera une robe à ma
petite sœur et à moi.

— Comment! elle va plumer ces pauvres bêtes tout en vie! elle est donc bien
méchante, ta mère?

— Mais non, mademoiselle! elle est bien
bonne, au contraire; mais elle suit la coutume du pays, et je crois que de plumer
les oies comme ça, ne les rend pas bien
malades. »

Tout en parlant ainsi, l'on était arrivé
au gué de la rivière. La petite s'assit sur

Que comptes-tu donc faire de ces oies? (Page 106.)

une grosse pierre tandis que ses oies se baignaient et lissaient leurs plumes.

Un autre jour, les dames aperçurent l'oisonnière au beau milieu d'un champ de blé ·

« Mon enfant, lui cria Mme Tessan, ce n'est pas bien, ce que tu fais là ! tu te feras prendre par le garde champêtre, car il est défendu d'entrer dans les blés.

— Oh ! que nenni, madame ; il ne me prendra point, parce qu'il sait bien que je ne fais pas de mal, puisque je coupe tous les coquelicots qui empêchent le froment de pousser.

— Et qu'en veux-tu faire ?

— Ah ! dame ! mes oies en sont friandes ! C'est pour les en régaler que je les coupe.

— Il vaudrait bien mieux leur donner de la salade, comme l'on fait à la maison.

— Si nous avions de la salade, mademoiselle, ce ne serait pas pour nos bêtes :

nous la mangerions bien nous–mêmes, allez !

—Comment t'appelle-t-on, mon enfant ? demanda Mme Tessan, à qui la petite plaisait beaucoup.

— Solange, pour vous servir, madame.

— Eh bien ! Solange, veux-tu apprendre à lire et à travailler ?

— Madame, comment ça pourrait-il se faire puisqu'il n'y a pas d'école au village ?

— C'est moi qui serai ta maîtresse. Demande à ta mère si elle veut te laisser venir deux heures par jour.

— Je sais bien qu'elle ne demandera pas mieux.

— Et tes oies, dit Adeline, qui donc les gardera ?

— Mon petit frère, mademoiselle. »

Solange, vêtue de ses habits du dimanche, ne manqua pas de venir le lendemain chez Mme Tessan, et elle se montra intelligente et attentive.

La seconde semaine, elle entra suivie d'une autre petite fille de son âge, mais aussi sauvage que Solange était communicative. Cette nouvelle écolière se plaça derrière l'autre en silence, et se présenta pour lire à son tour.

Le surlendemain, elles étaient trois. Alors Mme Tessan se fit aider par sa fille, qui avait déjà treize ans, et que ce rôle de maîtresse d'école amusa d'abord.

Chaque jour c'était une nouvelle élève, et à la fin du mois elles étaient douze.

« Vous conviendrez, maman, dit Adeline chez qui la patience n'était pas la vertu capitale, que ces petites filles sont vraiment sans gêne! Elles viennent ici comme si nous tenions école ouverte.

— Auraient-elles donc trop présumé de notre obligeance?

— Mais c'est que, maman, ce n'est pas

amusant du tout de faire la classe quatre heures par jour ! Passe encore quand elles n'étaient que deux ou trois.

— Crois-tu que nous leur rendions service ? »

Adeline, un peu confuse, ne répliqua pas.

Les petites écolières faisaient merveille, mais Adeline ne prenait pas son parti de ce surcroît de besogne.

L'hiver vint, un hiver fort rude. Un jour, par la plus belle neige du monde, elle vit un écureuil blotti sur l'appui de sa fenêtre : il était tout transi. Adeline pensant que peut-être il avait faim, ouvrit doucement la fenêtre et lui offrit du pain avec des noix.

L'écureuil mangea, puis il partit.

Le lendemain il en vint deux, le surlendemain quatre, puis dix, puis vingt.

Adeline, en racontant cette particularité à sa mère, lui demanda si les écureuils avaient un moyen de s'entendre.

« Sans doute, ma fille : ce don n'a été

refusé à aucun des animaux. Leur as-tu
donné à manger à tous ?

— Oh ! maman, pouvez-vous me faire
une telle question ? Me supposez-vous donc
le cœur assez dur pour ne pas compatir à
la détresse de ces pauvres petites bêtes ?

— Ne m'as-tu pas conseillé de refuser
la nourriture de l'intelligence à ces pauvres
petites filles qui, comme tes écureuils,
viennent la demander en toute sécurité ? »

Adeline baissa la tête et rougit de honte.

L'heure de l'école arrivée, elle s'occupa
de ses élèves avec un zèle affectueux ; et
ce qui auparavant lui semblait une corvée,
devint un plaisir véritable.

LA TABATIÈRE DU CURÉ.

Par un beau jour de printemps, la voiture de Mme Lemaire s'arrêta devant le perron d'une petite maison de campagne du Bourbonnais, posée au milieu d'un jardin comme un nid de rossignols dans un rosier.

La petite Sarah, enfant de huit ans, descendit la première ; et l'on n'avait pas fini de décharger la voiture que déjà elle avait fourragé tous les bosquets pour apporter un gros bouquet à sa mère; puis, s'échappant de nouveau, elle courut au presbytère voir le bon vieux curé qui l'avait baptisée, et qui devait lui faire faire sa première communion. Enfin elle ne rentra qu'au moment du dîner.

« Eh bien, mon enfant, comment va notre digne pasteur?

— Maman, il est bien maigre et bien pâle!

— Il n'est pas bien portant du tout, le cher monsieur, dit la jardinière qui aidait Mme Lemaire dans ses rangements. Pendant le rude hiver qui vient de se passer, il ne s'est pas chauffé autant qu'il était nécessaire à un homme de son âge, et il y a plus de six mois qu'il ne boit que de l'eau.

— Et pourquoi cela, mon Dieu!

— C'est que, voyez-vous, madame, la neige est restée longtemps sur la terre cette année; l'ouvrage était rare dans les chaumières et la nourriture aussi, car les pommes de terre ont gelé. Le cœur de M. le curé a saigné en voyant toute cette misère-là; alors il a ôté le lit de sa grande chambre et s'en est allé coucher dans le cabinet; et puis il a loué un poêle qu'on allumait à la pointe du jour; chacun venait se chauffer là tout à son aise. Comme il savait bien que personne ne mangeait à son appétit dans le bourg, il a imaginé de faire faire de bonne soupe, et chacun en eut sa pleine écuelle soir et matin. Tout son bois y a passé, et il a fini par vendre sa pièce de vin. Quoiqu'il eût fait plus d'une quête, il y avait tant d'affamés que cela n'a pas suffi. Alors il a pris sur sa part de nourriture pour augmenter celle des autres.

— Maman ! s'écria Sarah, je devine maintenant pourquoi je n'ai pas vu son beau crucifix d'ivoire à sa place ordinaire, et pourquoi, lui qui tenait tant à sa grosse tabatière d'argent, il en a une en écorce de bouleau !

— Il a tout vendu, le digne homme, même ses trois couverts et son grand gobelet d'argent ; et il mange maintenant dans une cuiller de bois, tout comme le plus pauvre de ses paroissiens. »

Le bon curé vint le soir rendre visite à Mme Lemaire. Elle l'invita à dîner pour le lendemain, et lui remit sa bourse en le priant de distribuer ses aumônes, parce qu'il savait bien mieux les placer qu'elle-même.

Le soir, quand Sarah embrassa sa mère, elle lui dit en la regardant d'un air suppliant :

« Ah ! maman, si vous vouliez le permettre !

— Permettre quoi, mon enfant ?

— Me permettre de racheter la tabatière de mon pasteur ! Vous savez que papa m'a donné un peu d'argent en me disant adieu ?

— Oui, certainement, mon enfant, je te permets de racheter la tabatière de M. le curé ! Nous irons sans retard demain à la ville ; je veux tâcher de ravoir le crucifix sur lequel se portait son premier regard quand il s'éveillait, et auquel il adressait sa première prière. Embrasse-moi, ma chérie. Je suis bien contente que nous ayons eu la même idée. Il faut partir de bonne heure demain afin d'être de retour au dîner, et tu sais que la route est longue et difficile ; ainsi ne dors pas trop ! »

Recommandation bien inutile : l'enfant était éveillée avant le jour, tant l'espoir de faire plaisir au vénérable prêtre et la crainte de ne pas retrouver la tabatière l'agitaient.

Arrivée en ville, Mme Lemaire trouva facilement l'orfévre qui avait acheté l'argenterie du charitable curé ; la vieille tabatière était encore chez le marchand, à la grande joie de Sarah ; mais il avait vendu le gobelet et les couverts.

La personne qui avait acheté le christ se fit prier pour le céder à Mme Lemaire, et encore ne fut-ce qu'à la condition qu'il lui reviendrait un jour, car c'était un vrai chef-d'œuvre de l'art.

En rentrant chez elles, Sarah et sa mère trouvèrent le curé qui les attendait en lisant son bréviaire. La jardinière fut chargée de replacer le crucifix dans l'alcôve du presbytère.

Le vieillard, qui prenait fréquemment du tabac, avait presque toujours sa tabatière à la main, ou bien il la posait auprès de lui. A dîner, pendant qu'il était fort occupé à parler d'une famille qui venait d'être ruinée par l'incendie, Sarah substitua, sans qu'il s'en aperçût, la boîte d'argent à celle d'écorce. Le curé la prit machinalement tout en continuant de parler ;

Sarah substitua, sans qu'il s'en aperçut, la boîte d'argent à celle d'écorce. (Page 120.)

mais sentant le froid du métal, il s'interrompit et la regarda ; puis il la porta à ses lèvres, et une grosse larme coula lentement sur sa joue.

« Veuillez, dit-il, excuser la faiblesse d'un vieillard ; ma mère s'est servie de cette boîte tant qu'elle a vécu ! »

Puis, regardant le visage radieux de la petite fille qui fixait sur lui ses yeux humides :

« Ma fille, lui dit-il, Dieu te bénira : car l'encens le plus pur qu'on puisse lui offrir, c'est le bonheur que l'on donne au prochain. »

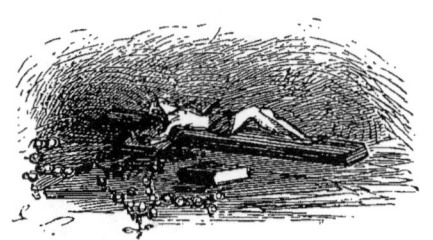

L'EMPLOI DU TEMPS.

Mme de Coulanges, percluse des deux jambes depuis plusieurs années, et toujours couchée sur une chaise longue, assistait pourtant aux leçons de sa fille, voulant surveiller elle-même ses études et s'assurer de ses progrès. L'enfant n'était pas travailleuse, et, quoique pleine de bonne volonté, elle ne savait pas employer utilement son temps.

« Hermine, lui dit-elle un jour, sais-tu bien tes leçons, et tous tes devoirs sont-ils faits ? Il est deux heures, et Mlle Chabanel va venir. Elle se plaint sans cesse de ta négligence, et tu n'ignores pas, ma fille, qu'elle a positivement dit que, si tu ne travaillais pas mieux, elle ne te donnerait plus de leçons.

— Mon Dieu ! maman, je vous assure que je n'y mets pas de mauvaise volonté, car j'aime beaucoup Mlle Chabanel, et je voudrais bien vous contenter ; mais je ne saurais dire comment il se fait que je ne trouve jamais le temps de travailler suffisamment.

— Que me dis-tu là, mon enfant ! La journée n'est-elle donc pas aussi longue pour toi que pour tout autre ?

— C'est vrai, maman ; et, pourtant, elle ne l'est pas encore assez pour que je puisse faire tout ce que l'on me prescrit.

— Voyons un peu ; qu'as-tu fait au-

jourd'hui, par exemple, depuis six heures
du matin que tu es levée, pour n'avoir pu
apprendre entièrement tes leçons ni écrire
tous tes devoirs ?

— Chère maman, je serais en vérité
bien embarrassée de le dire. D'abord, en
rangeant dans ma commode, j'y ai vu le
joli châle que bonne maman m'a envoyé
et que je n'ai pas mis encore ; je l'ai dé-
plié et passé sur mes épaules ; ensuite,
voulant juger de l'effet qu'il fera, je suis
allée devant la psyché de votre chambre.
La *Semaine des Enfants* était sur votre
table et je l'ai parcourue. Vous savez,
bonne mère, que, si l'on ouvre un livre
intéressant qui a des images, on ne peut
plus le quitter, et si le thé n'eût pas sonné,
je crois que j'y serais encore.

« Après le déjeuner, j'ai fait un tour de
jardin, comme de coutume, avant de me
remettre au travail. Les fleurs étaient encore couvertes de rosée, et je les admirai

les unes après les autres, chargées de ces beaux diamants qui changeaient de couleur à mesure que je changeais de place.

« Les papillons venaient boire cette rosée, et je les regardai plonger leur trompe au fond de chaque corolle. Il y en avait de ravissants ; et comme ils volaient de fleur en fleur et que je tenais à les bien voir, je les suivis jusqu'au bout du jardin.

« Là, j'ai rencontré une tribu de fourmis guerrières qui dévastait une fourmilière, et j'ai voulu savoir où elles emportaient les larves dont elles étaient chargées ; ce qui me prit beaucoup de temps.

« En rentrant par la basse-cour, je me suis arrêtée un instant à voir un combat de coqs ; puis ma tourterelle s'est posée sur mon épaule, et il a bien fallu m'en occuper un peu : et voilà comment il était plus de midi quand je me suis mise au travail.

— Si chacun ici perdait son temps

Puis ma tourterelle s'est posée sur mon épaule. (Page 128.)

9

comme toi, ma fille, tout irait bien mal à la maison. Vois donc tout ce que fait ta tante dans cette journée qui ne te suffit pas pour un travail de quelques heures!

— Pourtant, maman, il n'y a pas grand mal à regarder un châle ni à parcourir la *Semaine des enfants!* Et puis, papa m'a bien recommandé d'observer tous les insectes que je vois, et l'on ne peut me blâmer d'avoir suivi les papillons et les fourmis.

— Hermine, chaque chose a son temps, et l'on te blâmera toujours de faire passer tes plaisirs avant tes devoirs, ce qui est une faute grave. Faut-il te louer du sentiment de vanité qui t'a fait essayer ton châle et te mirer dans la psyché? Es-tu excusable d'avoir commencé la journée par regarder des gravures? Et ton père t'a-t-il dit de prendre sur tes heures de travail pour observer les insectes?

— Chère tante, cria Hermine à Mlle Irma,

qui venait d'entrer, donnez-moi donc votre
secret pour faire dans un jour ce qui demande une semaine à tout autre.

— Ma chère, mon secret est bien simple : j'emploie tous les instants que tu
gaspilles avec tant d'insouciance. Tu serais
bien étonnée si je te disais tout ce que j'ai
fait dans ce qu'on appelle les moments
perdus.

— N'as-tu donc jamais remarqué, dit
Mme de Coulanges, que ta tante coud tout
le linge des pauvres femmes du voisinage,
et que les indigents de notre quartier n'ont
d'autre bas que ceux qu'elle leur tricote ?
Elle fait la layette de tous les enfants, et
cela sans dérober un seul instant aux soins
du ménage, dont elle veut bien se charger.

— Mais, bonne mère, ce n'est pas amusant du tout de n'avoir pas un seul instant
de loisir !

— Ta tante sait s'en ménager assez
pour me faire une lecture chaque jour et

pour rendre les visites que l'on me fait; de plus, elle charme mes longues soirées en me faisant un peu de musique.

« Mais toi, ma pauvre Hermine, qui restes des heures entières à voir courir les nuages en été, et brûler les tisons en hiver, ta vie sera sans charmes; car tu ne sauras jamais trouver le temps d'être bonne et charitable, et de t'occuper des gens qui vivent auprès de toi. »

L'ENFANT ADOPTIF.

Mme d'Hauterive ayant acheté une terre
en Berri, vint en prendre possession dès
les premiers jours du printemps. Chaque

jour, elle et sa fille Zoé, âgée de douze
ans, faisaient une longue promenade dans
les environs, tantôt d'un côté, tantôt d'un
autre. Ces dames connurent bientôt toutes
les misères de leurs pauvres voisins et
s'empressèrent de les soulager. Herminie
y mettait beaucoup de zèle, et elle entre-
tenait continuellement les personnes de
la maison de ses aumônes ; chacun vantait la bonté de son cœur charitable, ce
qui donnait une grande satisfaction à la
petite fille. Aussitôt qu'elle paraissait dans
une chaumière, c'était un concert de bé-
nédictions qui l'enivrait un peu et qu'elle
ne manquait jamais de répéter quand elle
était de retour chez elle.

Un matin, ces dames s'aventurèrent un
peu plus loin que de coutume, et dans une
direction qu'elles n'avaient pas explorée
encore. Elles oublièrent la longueur du
chemin en suivant un joli sentier bordé
d'aunes et de saules, et qui longeait la

Chacun vantait la bonté de son cœur. (Page 136)

petite rivière de la vallée. Mille fraîches plantes des eaux, de formes variées et toutes charmantes, ornaient la rive, et Zoé ne se lassait pas de les admirer ainsi que les brillants insectes qui voltigeaient sans cesse alentour.

Mme d'Hauterive et sa fille arrivèrent ainsi tout auprès de profondes carrières de grès, où une quantité d'ouvriers étaient occupés à tailler des pavés. Se sentant un peu fatiguées, elles cherchèrent des yeux une maison où elles pussent se reposer; mais ce petit coin de terre semblait tout à fait désert. Enfin, en tournant autour de la carrière, elles découvrirent une pauvre chaumière abritée derrière un monticule de débris de pavés mélangés de terre. Sur le côté se voyait un jardinet assez bien entretenu. La porte de l'unique chambre était tout ouverte. Du seuil où s'avança Mme d'Hauterive, elle aperçut une femme, jeune encore, occupée à savonner, aidée

par une petite fille qui paraissait avoir dix
ans à peine. Sur un misérable grabat,
trois enfants étaient blottis, demi-nus et
mal cachés par un lambeau de couverture. Une vieille femme alimentait de
broussailles le feu qui faisait bouillir la
marmite. Les dames eurent le temps de
voir cet intérieur indigent, mais fort propre, avant qu'on se fût aperçu de leur présence.

« Ma bonne femme, dit Mme d'Hauterive en entrant, voulez-vous bien permettre que nous nous reposions un instant
chez vous?

— Entrez, mesdames, entrez donc, s'il
vous plaît; vous nous ferez grand plaisir
en vous reposant ici. »

Pendant ce temps, la vieille femme dé-
barrassait les deux uniques chaises de la
maison, et les petits qui jouaient bruyamment dans leur lit à l'arrivée de ces dames,
se tapirent en silence sous la couverture,

mais de façon pourtant à bien voir les *belles dames*.

Quand les yeux de Mme d'Hauterive se furent faits à la demi-obscurité de cette chambre, qui ne recevait de jour que par la porte, elle vit dans le coin du feu un petit fauteuil de bois grossièrement fait et très-massif. Un enfant de huit ans environ était assis sur ce fauteuil, et lié au dos du meuble par le milieu du corps. Il avait la tête entièrement penchée sur l'épaule, et sa langue passait par sa bouche entr'ouverte. Il faisait mal à voir, quoiqu'il eût une charmante figure éclairée par des yeux magnifiques.

« Vos petits enfants sont donc malades, dit Zoé en s'adressant à la vieille.

— Non, Dieu merci! ma petite demoiselle; ils se portent bien et ont bon appétit, je vous assure.

— Pourquoi sont-ils donc encore au lit à cette heure.

— Ah! dame, c'est demain dimanche; il faut bien les faire beaux pour aller à la messe; et comme ils n'ont qu'un *habillement* chacun, ils restent couchés pendant que la mère le nettoie. »

Zoé jeta un regard d'affectueuse compassion sur les enfants, puis le reporta sur sa mère qui, comprenant ce muet appel, lui sourit avec bonté.

« Voilà un pauvre petit bien affligé, dit Mme d'Hauterive à la jeune femme qui continuait son savonnage.

— Plus que vous ne le pensez, madame; le pauvre chéri ne peut pas plus remuer bras et jambes que s'il venait de naître. Fort et bien portant comme vous le voyez, il n'a jamais pu marcher ni se tenir debout, ni même porter la main à sa bouche; et, pour le faire manger, je suis obligée de l'étendre sur le dos.

— C'est un idiot, quoi! dit brusquement la vieille.

— Mais non, ma mère, il n'est pas idiot, puisqu'il nous aime! Ne voit-on pas bien dans ses yeux qu'il comprend ce qu'il entend dire! D'ailleurs, comment savoir s'il a de l'esprit puisqu'il ne parle pas?

— Il ne ressemble pas au reste de la famille, dit Zoé, car il est le seul de ces enfants qui ait des yeux noirs.

— Aussi n'est-il pas mon fils. C'est un enfant trouvé.

— Oui, mademoiselle, se hâta d'ajouter la vieille, c'est un pauvre petit que nous avons trouvé un dimanche, en revenant de la messe, couché dans le berceau de Julienne que voilà (et elle désignait la petite savonneuse); ma bru a sevré la petite pour nourrir le nouveau venu, et elle s'en est si bien affolée qu'elle ne veut pas absolument le mettre à l'hôpital, quoiqu'il soit une charge trop lourde pour de pauvres gens comme nous.

« — Mon Dieu! ma mère, Jacques n'est-il pas mon enfant tout comme les autres?

— Mais vraiment non, il ne l'est pas! Il mange le pain que ton homme a tant de peine à gagner, et il *consomme* tout notre pauvre linge.

— Vous n'êtes pas juste envers le pauvre enfant; il ne prend la part de personne, et les enfants ont toujours mangé à leur faim.

— Il prend ta part, Marguerite; tu te prives, tu passes la moitié des nuits à filer pour ne rien demander à Joseph; enfin tu te tues. N'est-ce pas criant, cela, mesdames?

— Laissez donc, ma mère! vous seriez bien fâchée que Jacques entrât à l'hôpital, vous qui le gâtez encore plus que moi!

— Est-ce que je puis voir pâtir une créature du bon Dieu, moi! Mais ça n'empêche pas que le jour où je ne l'aurai plus sous les yeux, je serai grandement soulagée. »

Le petit infirme leva tristement les yeux
sur sa nourrice.

« Ne dites donc pas de ces choses-là, je
vous en prie, ma mère; vous voyez bien
qu'il nous comprend. Qui peut savoir ce
qui se passe en lui! Dieu est si bon! Il a
peut-être donné au petit malheureux des
facultés que nous ne connaissons pas.

— Ma chère, dit Mme d'Hauterive à cette
généreuse femme, permettez-moi de vous
dire qu'il me semble que votre belle-mère
a raison. Cet enfant serait infiniment mieux
à l'hospice des incurables que chez vous ;
il y trouverait une nourriture plus abon-
dante et plus saine.

— C'est bien vrai, madame ; mais qui
donc l'aimerait là-bas, ce pauvre cher in-
nocent? Qui donc l'amuserait et *ferait*
tous ses petits caprices? »

Et relevant la tête de l'idiot, elle l'embrassa bien fort.

L'œil de l'enfant s'illumina soudain, et

10

il le fixa sur Marguerite avec une indicible expression de tendresse.

« Qui peut donc vous engager à rester chargée de ce fardeau qui ajoute encore à votre misère? D'autant plus que ce petit malheureux doit être un objet de dégoût perpétuel pour votre famille.

— Pas du tout, madame, les enfants l'aiment et l'amusent. Ma fille, toute jeune qu'elle est, le fait manger aussi bien que moi quand je trouve une journée à gagner hors de la maison; et lorsque Joseph va à la ville, le premier du mois, toucher la rente chez l'entrepreneur, il lui rapporte toujours quelque friandise : car il est gourmand, le gros chéri!

— Mais tout cela ne m'explique point pourquoi vous ne voulez pas vous en débarrasser?

— Eh! madame, s'écria Marguerite avec élan, c'est que je l'ai nourri de mon lait! C'est que son cri me *remue* tout aussi

rofondément que celui de mes enfants !
est que je l'aime enfin ! »

Et elle serrait contre son cœur cette
'éature informe et la couvrait de baisers ;
uis elle berça l'enfant sur ses bras, et
)ntinua :

« Ce petit a une âme comme vous et
ıoi, madame, et nous ne savons pas ce
u'elle souffre dans sa prison de chair et
'os. Mais elle est sous l'œil du bon Dieu
)ut comme les autres, la pauvre âme ! et
ır terre, elle n'a de soulagement qu'en
ıoi qui pénètre seule dans son obscurité :
ır, voyez-vous, je ne comprends pas trop
)mment cela se fait, mais je sais toujourɛ
'avance s'il sera content ou non. »

Zoé écoutait cette femme avec un éton-
ement mêlé d'admiration qu'elle ne cher-
hait point à cacher.

Mme d'Hauterive se leva pour partir.

« Marguerite, dit-elle, je reviendrai vous
oir quelquefois, et ma fille ne manquera

pas d'apporter des friandises au petit Jacques et à ses frères.

— Dieu vous bénira pour cette bonne action, madame, et vous nous honorerez beaucoup en visitant notre pauvre de-demeure. »

Les dames marchèrent en silence pendant la moitié du chemin ; enfin, Mme d'Haute-rive dit à sa fille :

« Tu es bien silencieuse, Zoé. De quoi ton esprit est-il donc occupé, que tu n'as rien à me dire ?

— Maman, je cherche à m'expliquer la distinction de Marguerite qui a un lan-gage et des manières qu'on ne retrouve pas d'ordinaire chez une paysanne. Croyez-vous donc, maman, qu'elle ait toujours vécu aux champs ?

— Oui, ma fille ; je la crois une paysanne comme tant d'autres, et je m'explique sa distinction, vraiment remarquable, par l'élévation de ses sentiments.

Elle serrait contre son cœur cette créature informe et la couvrait de baisers. (Page 14.)

— Mais, maman, elle n'a pas même l'air de se douter qu'elle fasse une action admirable ?

— C'est que le bien semble si naturel aux belles âmes qu'elles ne songent même pas qu'il y ait de mérite à le pratiquer. »

Zoé rougit beaucoup, car elle se rappela combien elle faisait parade de la moindre bonne œuvre qu'elle pouvait accomplir ; et elle se sentit bien petite auprès de la nourrice du pauvre Jacques.

« Vous croyez donc, maman, que les sentiments élevés influent sur nos manières ?

— Oui, certainement ; et j'en ai rarement rencontré chez les gens vulgaires.

— Ne ferons-nous donc rien pour ce petit infirme ? D'abord il me causait beaucoup de répugnance ; mais à mesure que sa nourrice parlait, je m'intéressais davantage à lui, et j'ai fini par ne plus voir ses infirmités.

— Nous allons le vêtir tout de neuf ainsi que les autres enfants.

— Et si vous le trouvez bon, maman, je prendrai la moitié de la somme que papa me donne chaque mois pour mes menus plaisirs, afin de faire une petite rente à Jacques.

— Tu sais, ma chère, que tu peux disposer à ton gré de l'argent que te donne ton père. »

On s'occupa immédiatement à faire le petit trousseau des enfants du carrier. Mme d'Hauterive raconta les incidents de leur course du matin. Elle parla de la pension que sa fille voulait faire au fils adoptif de Marguerite. Aussitôt la grand'-mère, un oncle qui était là et d'autres personnes de la famille accablèrent Zoé de louanges, en exaltant sa charité. Mais le souvenir de la satisfaction que lui donnaient naguère ces éloges la remplit de confusion; elle se sentait honteuse de l'empressement qu'elle avait si souvent mis à les rechercher.

« Épargnez-moi, je vous prie. Qu'est donc ma charité auprès de celle de Marguerite! Si vous voulez admirer, allez à la chaumière de Joseph le carrier, et voyez le petit Jacques et sa nourrice. »

LA SAINT-JEAN ET LES TONDAILLES.

Dès cinq heures, j'étais dans mon jardin, jouissant avec délices des harmonies matinales; une jeune hirondelle à peine échappée du nid et perchée sur la gouttière, saluait joyeusement la brillante lumière du soleil qui venait dissiper les terreurs de la nuit. Elle avançait sa petite tête de velours noir pour mieux aspirer l'air embaumé qui montait jusqu'à elle, et son chant vif et précipité ressemblait au babil de l'enfant qui fait mille questions sans attendre de réponse à aucune. Un peu plus loin, une autre hirondelle chantait aussi; mais ce n'étaient plus les joyeux accents de l'espérance ! S'interrompant de temps à autre, elle semblait plutôt causer avec elle-même que s'unir au concert général de ses sœurs; elle regardait tout autour d'elle, comparant peut-être la mince végétation de nos plaines aux merveilles des contrées inexplorées de l'Afrique, où elle a laissé sa dernière couvée. J'étais tellement ravie par la joie naïve de l'un de ces oiseaux et par les doux regrets de l'autre, que je tressaillis quand je fus rappelée aux devoirs quotidiens par ma servante, venant me prévenir qu'on m'attendait dans le village pour panser un enfant qui avait fait une chute. Je sortis aussitôt. La matinée était si belle que je pris

le plus long chemin pour rentrer chez
moi.

Chaque porte grande ouverte pour laisser entrer la brise dans les chaumières,
me permettait d'apercevoir les mères em-
pressées à parer leurs fillettes, et les jeunes
gars posant crânement leurs chapeaux
sur l'oreille. Je me demandais pourquoi
ces apprêts quand j'entendis l'une de ces
femmes dire à sa fille : « Ma pauvre Ba-
beth, toi qui n'aimes pas à être *comman-
dée*, faudra pourtant bien t'accoutumer à
faire la volonté des autres ; et ces autres-là
ne seront pas des mères pour toi, oui-da !
Quand on est en service, il faut obéir sans
murmurer. Mets-toi bien ça dans la tête,
ma fille, afin de ne pas avoir l'affront d'ê-
tre renvoyée de la condition où tu vas entrer. »

Je me souvins alors que nous étions au
24 juin, jour de saint Jean. On allait donc
à l'assemblée de la ville voisine chercher à

ces pauvres enfants une place qui leur assurât le pain et les vêtements de l'année. Chaque mère désirait arriver la première afin de choisir une bonne condition à l'enfant chéri que la nécessité force à éloigner du toit paternel.

J'aime beaucoup (que Beethoven et Rossini me le pardonnent), j'aime infiniment la cornemuse; tous ces sonneurs, ayant chacun sa mélodie dont il va chercher l'inspiration dans les grands bois, me font un plaisir que je n'oserais avouer dans le monde. Ces airs, tous plus ou moins tristes, me rappellent les rêves lumineux de mon jeune âge, alors qu'au seuil de la vie j'en contemplais les perspectives avec ravissement. Que de routes charmantes s'ouvraient devant moi, conduisant toutes à des sites délicieux! Il semblait que je n'eusse qu'un pas à faire pour cueillir toutes les fleurs qui s'y rencontraient. Si, plus tard, les divines compositions des grands maîtres m'initièrent aux délices de la bonne musique, la cornemuse n'en conserva pas moins pour moi son attrait primitif.

Je résolus de ne pas manquer de l'entendre encore, et je me hâtai de me rendre à cette grande assemblée où les orchestres champêtres allaient faire oublier à la foule des serviteurs, venus à la *loue*, les misères passées aussi bien que les soucis à venir; car le jour de la Saint-Jean est le seul qui leur appartienne dans l'année, et ils le donnent tout entier au plaisir.

Je trouvai dans ma cour et m'attendant, mon métayer, vieillard infirme qui venait me prier de lui *accueillir* un domestique.

« Ma chère dame, me dit-il, je marche si difficilement à présent que je ne suffis plus seul à surveiller tout mon monde. Vous savez que j'ai eu le malheur de perdre mes enfants, et ceux qu'ils m'ont laissés ne sont pas encore en état de m'aider à bien mener la métairie. J'ai donc besoin d'un brave garçon, bien laborieux, bien modéré, qui sache commander et obéir, qui donne le bon exemple à la maison, de façon que je puisse m'en rapporter à lui toutes les fois que je ne pourrai voir les choses par moi-même. S'il est bien comme il faut, mes petits-enfants lui seront soumis ; car, voyez-vous, madame, j'ai toujours maintenu ma famille dans l'ancienne discipline : ils sont jeunes et ont besoin d'être commandés ; mais pour que l'obéissance porte de bons fruits, il faut que le commandement soit doux et équitable.

— Maître Roumet, répondis-je, j'ai justement votre affaire. Une pauvre veuve de mon voisinage a un fils tout récemment revenu de Crimée, après être resté huit ans et plus sous les drapeaux sans avoir subi la moindre punition ; il est suffisamment intelligent et n'apportera pas le trouble dans votre maison. »

J'envoyai chercher le ci-devant chasseur à pied, et, en l'attendant, je demandai à maître Roumet s'il gardait tous ses domestiques cette année.

« Ils voudraient tous rester, me dit-il, car ils sont bien traités à la maison ; ils savent que je ne crains pas d'augmenter les gages d'un bon serviteur sans qu'il me le demande. Et moi, je suis tout disposé à les garder, parce qu'on s'attache les uns aux autres, quand on est longtemps ensemble, et que la bonne amitié, comme vous savez, madame, ça rend tout le monde meilleur. Mais l'oisonnière est d'âge à garder les agneaux, mon vacher peut faire un bricolin à présent, et je n'ai pas de place à leur donner puisque personne ne me quitte. »

Voulant être à la *loue* des domestiques qui se fait de bon matin, j'avançai l'heure de mon déjeuner que maître Roumet partagea ; car j'ai reçu de mon père la coutume d'admettre mes métayers à ma table.

Louis Dumaine arriva comme nous achevions notre frugal repas, et quand il eut bu à la santé de la *compagnie* le verre de vin que je lui versai, je lui fis part de l'offre du fermier.

« Rien ne m'aurait mieux convenu que la place que vous m'offrez, maître Roumet, dit le Criméen, car tout le monde vous connaît pour l'homme le plus juste du pays ; mais voilà deux mois que je suis engagé avec un monsieur de Paris ; et, quoique j'aimerais bien mieux rester au pays, je ne puis pourtant pas accepter votre proposition.

— Es-tu bien sûr, camarade, que ton monsieur pense encore à toi ? et t'a-t-il écrit depuis que vous avez pris cet engagement ensemble ?

— A quoi bon l'écriture ? La parole n'est-elle pas donnée des deux côtés ?

— Ça ne fait rien, vois-tu ! Ces messieurs des grandes villes, ça ne fait pas
grand état de nous autres, pauvres paysans, et le tien pourrait bien te fausser
compagnie, au moins !

— Ça ne se peut pas, maître Roumet,
car si ce n'est pas par égard pour moi que
mon futur maître gardera sa parole, ce sera
par respect pour lui-même : un homme
comme lui ne peut pas mettre volontaire-
ment dans l'embarras un pauvre diable
comme moi.

— Ne t'y fie pas ! répliqua Roumet,
après l'avoir examiné avec beaucoup d'attention. Tu me conviens fort, et si tu m'en
crois, tu t'en viendras avec moi. Chez
nous, on te traitera comme l'enfant de la
maison, et les petits seront des frères pour
toi. La femme est une bonne créature qui
ne te cherchera pas noise. Tu as dû prendre au service des habitudes d'ordre et de
discipline qui me vont, et, à nous deux,

nous ferons une petite ferme modèle : tu verras ! Et puis, qui sait ? ma Louise a tantôt quinze ans ; c'est une fille accorte, ménagère, qui a quelques lopins de terre au soleil.

— Ne m'en parlez plus, maître Roumet, je vous en prie ; vous me donneriez trop de regrets, et il faut faire son devoir de bon cœur.

— Je ne peux pas te blâmer, Dumaine ; tu es un bon garçon, il faut que j'en convienne ; et, quoique tu me donnes une grande contrariété, tape là et soyons amis ! Pour te prouver le cas que je fais de toi, quoique je te voie pour la première fois, je te charge de me trouver le garçon que je cherche. Tâche donc qu'il te ressemble ! »

Je montai dans ma petite carriole traînée par une belle ânesse, et je partis pour la ville, suivant une route charmante qui serpentait à mi-côte. A gauche, la prairie,

rafraîchie par le petit ruisseau qui donne
la vie à cette contrée, était bornée par des
champs s'élevant graduellement jusqu'à
l'horizon et chargés de moissons magnifiques. A droite, le coteau semblait couvert
des débris de quelque planète qui aurait
éclaté au-dessus de ce coin de terre.

Le ciel radieux souriait à la terre qui lui
rendait ce sourire vivifiant. Je rencontrai
des attelages de toutes les sortes parmi
lesquels le mien ne brillait certes pas, et je
reçus des salutations amicales de tout le
monde. Les piétons étaient nombreux ; des
bandes de jeunes gens, le bouquet enru-
banné au chapeau, marchaient en cadence,
répétant quelques-uns de ces refrains mé-
lancoliques qui bercent la fatigue de nos
travailleurs des champs. C'était à qui de-
vancerait les autres. Ceux qui pour la première fois allaient entrer en service se mon-
traient moins empressés ; de temps à autre
ils levaient un regard inquiet sur le père

ou le frère qui les accompagnait et qui y répondait par quelque signe d'encourage-ment.

Les pauvres mères qui allaient faire *ac-cueillir* leurs petites filles par les fermières s'arrêtaient souvent pour étirer les jupes, rajuster les fichus et les bonnets tout en es-suyant une larme furtive. Cette enfant qu'elles prenaient tant de soin à faire res-sortir, elles allaient la remettre aux mains de maîtres exigeants, injustes peut-être! Leur fille qu'elles n'ont jamais su contra-rier, non-seulement ne fera plus sa vo-lonté, mais elle sera soumise à celle de tous les habitants de la métairie! et, pour-tant, il faut qu'elle quitte le toit, l'asile maternel : il y a trop de bouches à la mai-son ; la journée du père ne suffit plus à les nourrir, et l'hiver sera dur à passer. Puis les pauvres femmes se rassérénaient en voyant les plantureuses moissons qui bientôt tomberont sous la faucille, et leur

attendrissement faisait place à l'espérance,
si vivace chez les gens de la campagne
qu'aucun mécompte ne parvient à l'affaiblir.

Enfin me voici dans la ville que je tra-
verse à pied pour me rendre au mail. C'est
un étroit espace resserré entre la rivière
et les anciennes fortifications en ruine,
souvenirs du moyen âge, cette époque de
barbarie et de souffrance si mal à propos
poétisée dans ces derniers temps.

Là s'agite une foule compacte ; les mu-
siciens qui dans quelques instants diver-
tiront tout le monde, se reposent, assis
sur leurs tréteaux, des fatigues à venir.
Les saltimbanques, couverts de souque-
nilles qui cachent leurs costumes, sont
groupés autour de la grosse caisse faisant
fonction de table, et mangent bourgeoi-
sement un maigre déjeuner.

Dans un coin du mail, les *bouards,* l'air
calme, le dos légèrement voûté et la tête
inclinée en avant, se tiennent à distance des

charretiers qui, le nez au vent et le fouet
en sautoir, leur lancent des quolibets et
courent au-devant des fermiers trop lents
à les choisir.

Un peu plus loin les laboureurs, péné-
trés de leur utilité, attendent sans impatience, et même avec une certaine dignité,
qu'on s'adresse à eux. Ils regardent gravement les bricolins se mesurant entre eux
et jugeant leur mérite au développement
de leur taille qui n'a pas encore pris tout
son accroissement.

De l'autre côté du mail et séparées par
l'allée où vont se former les contredanses,
les *servantes de maison*, destinées à aider
et même à suppléer la fermière au besoin,
l'œil agaçant et parées de leurs bonnets à
dentelle, se pavanent devant les bergères
plus humbles et plus recueillies. Les va-
chères et les oisonnières, se serrant instinc-
tivement tout contre la mère dont la pro-
tection va leur être enlevée, regardent

craintivement tout ce monde qui bientôt
aura le droit de leur *commander ;* car elles
seront les servantes des servantes !

Partout l'on parle, partout l'on discute !
chaque mère vante la bonne volonté de
sa fille et ses petits talents appropriés à
l'emploi qu'elle recherche. Les maîtresses
énumèrent les occupations de leurs servantes en les atténuant, afin de pouvoir
faire accepter un petit gage; enfin, après
bien des paroles dites de part et d'autre,
les marchés se concluent, et toute cette
jeunesse, ayant reçu le *denier* à Dieu, em-
brasse ses parents que pour la plupart on
ne reverra pas avant un an. Tous se lancent au milieu de la cohue aux premiers
sons de la cornemuse, cherchant à utiliser
pour le plaisir chaque minute de cette unique journée. On achète de la galette, des
cerises ; les domestiques qui ont reçu l'argent de leurs gages le matin, s'empressent
de remonter leur toilette; et, faut-il le dire?

tout n'est pas consacré à l'utilité : plus
d'une fillette met à un col et au nœud de
ruban qui doit la faire ressortir, la petite
somme qui eût été mieux employée à des
mouchoirs; les garçons, oubliant qu'il sau-
ront froid aux pieds l'hiver, achètent des
foulards au lieu de chaussettes.

Enfin, les mères s'en retournent au logis;
elles s'arrêtent un instant au haut de l'escalier qui conduit du mail à la ville, et tâ-
chent, après avoir essuyé leurs yeux, de
distinguer, parmi toutes ces têtes qui on-
dulent comme les épis dans les champs,
la tête de l'enfant aimée qu'elles laissent,
si jeune encore, abandonnée aux soins de
la Providence.

Les danses sont commencées, et l'on
peut voir les garçons jeter violemment
leurs jambes de ci de là, et se trémousser
avec une certaine prétention qu'on ne s'attend guère à trouver là. Les jeunes filles,
toujours plus civilisées que leurs cavaliers

dans les classes laborieuses, dansent avec une tenue remarquable, opposant, autant que possible, le calme aux mouvements désordonnés de leurs danseurs.

De proche en proche et écoutant toujours les sonneurs, j'arrive auprès de l'estrade des saltimbanques qui occupait l'extrémité du mail ; là, une femme encore jeune, bien peignée et ornée d'oripeaux, est assise auprès du paillasse au repos ; son œil terne erre vaguement sur cette foule qui bruit à ses pieds ; deux petites filles, aussi en costume, se tiennent à ses côtés, attendant la fin de la représentation qui se donne actuellement sous la tente. Un cri d'enfant retentit ! Aussitôt le regard de cette femme flambloie ! Elle se lève à demi de la chaise où elle est tombée, déjà vaincue par la lassitude malgré l'heure peu avancée, pour recevoir dans ses bras une petite fille de trois ans environ couverte de cheveux admirables. La funambule, re-

devenue mère, saisit l'enfant avec ardeur:
elle lui dégage le front des tresses qui le
couvrent, et les lisse avec amour, tandis que
ses lèvres sèchent les pleurs qui naguère
ont inondé les joues du petit chérubin.
Bien que la fillette tourne le dos au public,
je devine qu'elle est belle à l'orgueil qui
resplendit sur le visage de sa mère. Mais
hélas! bientôt ravie à cette contemplation
par la sortie des spectateurs, la pauvre
femme dut s'occuper d'en attirer de nouveaux; elle remet sa fille au paillasse im-
mobile devant elle et dont la figure re-
prend, pour un moment, quand il presse
l'enfant dans ses bras, l'expression de la
dignité humaine. Il disparaît derrière les
toiles, et revient bientôt; car les pauvres
gens ont d'autres preuves d'amour à donner à leur famille qu'un baiser maternel!
Ils reprennent, lui ses grimaces, elle la
grosse caisse et les cymbales ; et, en y regardant bien, l'on peut voir leurs poitrines

se soulever péniblement pour livrer passage à un profond soupir. Mais qui donc,
hors moi, s'inquiète du pauvre couple
parmi ce peuple qu'il doit amuser jusqu'à
extinction?

Ayant rencontré à l'assemblée un ancien
fermier de mon père, ce fut avec une joie
d'enfant que j'acceptai l'invitation qu'il
me fit d'assister à ses tondailles pour le
7 juillet. Les tondailles! que de joyeux
souvenirs évoque ce mot! Il me rappelle
le temps où, enfant chétive et infirme, je
m'agitais autour de la *patache* qui, à l'é-
poque des tondailles, devait nous trans-
porter à un domaine placé au centre des
propriétés de mon père; là, une chambre
unique et ses deux cabinets nous abritaient
tous. La servante affairée emplissait le cof-
fre de provisions; le vieux domestique prenait les ordres de son maître pour tout le
temps que durerait l'absence, et ma mère
attardée rentrait en hâte suivie d'une voi-

sine qui portait un assortiment de fichus d'indienne aux couleurs éclatantes, de cravates de soie bariolée et de quelques douzaines de *cayennes*, bonnets piqués en indienne, garnis de dentelle noire. (Cette coiffure devait son nom au passage d'émigrés alsaciens allant à la Guyane vers le milieu du siècle dernier.)

Enfin l'on montait dans la patache qui avait deux banquettes. Les malheureux qui occupaient celle du fond n'apercevaient la campagne qu'à travers deux petites ouvertures placées au-dessus des roues et dont les verres étaient le plus souvent salis par les éclaboussures qu'elles leur envoyaient. Pour moi, grâce à une triste santé, j'avais ma place marquée aux pieds de ma mère, sur le devant de la voiture dont on ne fermait pas le tablier. Le père sifflait et le beau poitevin qu'il conduisait et dont le fouet n'avait jamais caressé les flancs, partait d'un pas allongé, faisant plus de sa lieue à l'heure sans jamais trotter. (Qui donc alors en province songeait à faire trotter un cheval de trente louis!) Sa paisible allure suffisait à cette époque aux besoins de locomotion.

Nous traversions donc gravement le faubourg, recevant un bonjour amical de tous nos voisins; car il n'en était pas un que mon père n'eût obligé de sa bourse ou de ses conseils. Notre bon cheval semblait être fier de l'admiration dont il était l'objet, et ralentissait le pas tant que nous n'étions pas sortis de la ville. J'entends encore le *cri* de l'osier dont était tressé le fond de notre modeste véhicule quand nous traversions les pelouses si communes dans ce temps-là. Alors la terre n'était pas sollicitée sans cesse, comme aujourd'hui, de livrer ses trésors au laboureur (car dans les meilleures cultures de notre province les champs se reposaient au moins trois ans), elle se couvrait d'une herbe courte émaillée de mille fleurettes charmantes. Enfin, après deux heures d'un trajet pour moi plein de délices, malgré les cahots continuels de la patache, nous apercevions au loin la maisonnette qui allait nous recevoir, perdue au milieu des nombreux bâtiments d'exploitation.

Mais nous étions loin encore, et la vue des volets verts irritait mon désir d'arriver. Le cheval, après avoir traversé le gué de la *bonde*, grimpait lestement la côte rapide qui menait au domaine, et s'arrêtait devant une terrasse rustique ombragée d'acacias plantés par mon père. Aussitôt une nuée d'enfants s'abattait au milieu des piaulements de la volaille effarouchée. Il y en avait de tout sexe et de tout âge, depuis le poupon au maillot que portait une petite fille de sept ans jusqu'au gars qui venait de faire sa première communion.

Bonjour, monsieur; bonjour, madame;

bonjour toi, François, Madeleine, Isidore !
Le *maître* sort de la ferme, et s'avance
gravement pour tenir la bride du cheval
pendant que nous descendons de voiture,
et la remet bientôt aux mains d'un de ses
enfants. La maîtresse avait déjà ouvert les
volets de la chambre et allumé un fagot
tout entier dans la vaste cheminée pour
chasser l'air humide de ce lieu toujours
fermé. Mes frères couraient déjà à la recherche des nids avec les gars avant que
j'eusse eu le temps de distribuer ce que
j'apportais aux plus jeunes enfants. Puis,
suivie de la bande joyeuse, j'allais aux
champs ; et, quand on appelait pour le
dîner, nous revenions chargés de fleurs
ravissantes dont nous avions fait de véritables fagots. La flore de nos grandes
plaines était riche alors ; les charrues per-
fectionnées n'avaient pas détruit les raci-
nes des plantes vivaces qui se développent
dans les jachères ; et si les moissons étaient

moins *propres*, il faut convenir que la poésie y trouvait son compte. Nous cueillions tous les arums de la traîne et nous nous teignions les mains et le visage avec leurs spadix de toutes couleurs. Puis, le soir, quand tout le monde de la ferme était réuni pour le souper, ma mère allait y faire ses largesses par nos mains : fichus, cravates, cayennes, tout était reçu avec une joie et une admiration muette, car le paysan berrichon n'est pas verbeux.

Je pars donc pour les tondailles comme je l'avais fait quarante ans auparavant; mais plus de patache, plus de pelouses avec leurs fleurettes ! Les moissons, bien nettes aujourd'hui, n'ont plus leur splendide parure; et si la poésie y perd, l'âme trouve une compensation dans l'idée que donne l'état de choses actuel, du progrès et du bien-être général. Mais bientôt les senteurs de la traîne me reportent aux jours de mon enfance; je perçois distinc-

tement les émanations de l'orme, de l'é-
glantier, de la vigne sauvage en fleurs; les
trèfles m'envoient des ondes de leurs
effluves énervants, et les blés fleuris
amènent à mon palais une saveur de fa-
rine.

Je me retrouve dans les mêmes lieux et
les mêmes circonstances après tant d'années, cherchant ma bande joyeuse et aussi
cette *fleur* de plaisir qui n'appartient qu'à
l'enfance. Je ne vois que des joues flétries,
encadrées de cheveux grisonnants. La Victoire, jeune fille bien découplée qui grimpait sur les arbres pour me cueillir les
pommes vertes que j'aimais tant, est une
massive grand'mère entourée de ses petits-enfants qui piaillent autour d'elle
comme une couvée de poussins. Étienne,
qui me battait quand je le tyrannisais par
trop, est maire de sa commune, et le blond
Isidore n'a plus de dents. Et puis, hélas!
beaucoup manquent à l'appel! car la mort

moissonne aux champs plus qu'à la ville encore.

Aussitôt descendue, non de patache, car elle est passée à l'état de légende, mais d'une bonne voiture suspendue, je vais à la grange où l'on dépouille les moutons de leur riche toison. Là, je vois, comme jadis, quinze couples de tondeurs, chacun à cheval à l'extrémité d'un banc et se faisant face. Le patient (c'est du mouton que je parle), les deux pattes de derrière retenues par un nœud coulant qui aboutit au pied du tondeur et la tête engagée sous son bras, est étendu sur le banc, devant l'ouvrier, protestant par ses bêlements réitérés contre la violence qu'on lui fait. Les *forces*, grands ciseaux primitifs à ressorts, ainsi nommés, je pense, à cause de la forte pression qu'il faut exercer pour s'en servir, courent entre la laine et la peau du pacifique animal qu'elles entament bien quelquefois quand le tondeur,

distrait par quelques-unes des plaisante-
ries que lui jette un camarade d'une extrémité à l'autre de la grange, lève la tête
pour y répondre ; ou bien encore s'il lance
un coup d'œil provoquant à la bergère
chargée de *tendre* les moutons aux tondeurs et de chasser ceux qu'on vient de
débarrasser de leur laine.

Je suis saluée d'un hourra général par ces
braves gens, tous parents entre eux et qui
m'ont vue jadis, ou qui ont entendu parler de moi à leurs pères. Tous ceux de mon
temps me reconnaissent, malgré le ravage
des années, car le paysan n'oublie pas facilement, n'étant point distrait par les
choses extérieures. Si les visages s'étaient
en partie effacés de ma mémoire, au moins
n'avais-je pas mis en oubli l'usage d'offrir
aux tondeurs le tabac à priser qui doit
chasser les émanations alcalines de la laine
en suint. Je ne pouvais me lasser d'admirer
la dextérité de ces ouvriers, et surtout la

gaieté qui ne les abandonne jamais pendant ce pénible labeur, lequel les met en nage. Comme ils parlaient librement de tout et de tous, il me suffit de les écouter pour entrer dans les détails de leur vie laborieuse qui, heureusement, n'est pas dénuée de toute joie.

Je me sentis profondement attendrie par leur courage à supporter les privations auxquelles ils sont soumis. Je comprenais par les discours des vieillards, qu'au terme de la vie le désenchantement est le même chez ces vaillants travailleurs, envers qui le sort est bien rigoureux, que chez l'homme de loisir qui a joui plus amplement de l'existence. L'expérience et les mécomptes faisant naître chez les uns comme chez les autres des réflexions semblables, amènent un certain nivellement dans leurs idées; celles de l'humble paysan s'épurent en s'élevant vers un meilleur monde, tandis que chez l'homme plus civilisé, elles se dépouillent de toutes les vanités et reviennent à l'humilité chrétienne.

J'étais tombée graduellement dans une rêverie dont la tristesse n'était pas sans charmes, et j'avais complétement oublié que le fermier m'attendait, quand je sentis sur mon bras la pression d'une large main ; c'était celle de la maîtresse qui me dit :

« Madame, avez-vous donc oublié le chemin de la maison ?

— Non vraiment, Madeleine ! Mais, vois-tu, je me croyais encore à ce bon temps où nous allions dans les prés cueillir des primevères dont nous faisions des pelotes pour nous les jeter ensuite à la tête. »

Je pris son bras et me dirigeai vers la maison en marchant sur une couche de paille de plus d'un mètre d'épaisseur et fort élastique.

Le premier objet qui frappa mes regards

en entrant fut le vieux fermier, âgé de quatre-vingt-six ans et contemporain de mon père. Il était assis sur un grand fauteuil, coiffé d'un bonnet de laine grise et ses genoux couverts d'une limousine. Ses muscles, distendus par l'âge, ne soutenaient plus sa tête constamment penchée sur sa poitrine. Depuis quelques années il parlait peu et semblait s'éteindre dans une béatitude stupide. Ses enfants attendaient avec une impatience inquiète l'accueil qu'il allait me faire, doutant qu'il eût conservé dans sa mémoire le souvenir de l'ancien temps. Je m'approchai de lui, et comme il me regardait obliquement sans me rien dire, je lui criai, car il était fort sourd :

« Eh bien! père Feuillet, ne me reconnaissez-vous donc pas?

— Si fait, si fait! répondit-il avec un sourire qui mit à découvert ses dents encore intactes; mais que vous êtes donc *groussieuse* à présent (il ne m'avait connue que fort mince) ! »

Le fils et la bru, qui étaient maintenant les véritables fermiers, se regardèrent avec bonheur, et une larme brilla dans leurs yeux. Je m'assis auprès du vieillard et je lui parlai du *bon temps*, de ce temps où il gouvernait l'exploitation d'une main ferme, tenant ses cinq garçons et ses deux filles sous une discipline sévère. Le brave homme remonta facilement dans le passé, n'oubliant rien et me remettant en mémoire une foule de particularités dont je ne me souvenais plus. Tout à coup il dit :

« Madeleine, j'ai faim ! »

Aussitôt la maîtresse renvoie les enfants qui nous entourent cherchant à toucher mes vêtements; puis elle ferme la porte. Alors elle me prie de passer dans la pièce voisine où ses filles mettaient le couvert our moi et ses autres invités.

— Et pourquoi cherches-tu donc à te débarrasser ainsi de tout le monde?

— C'est que, ma chère dame, me répondit-elle, en désignant son beau-père, il n'est pas ragoûtant à voir quand il mange, le pauvre cher homme, et cela pourrait vous *répugner ;* pour ce qui est des enfants, ça n'a aucune idée de rien, ce monde-là : ils riraient de sa décrépitude, et tant que le maître vivra, il ne recevra aucun affront dans la maison, ni des grands ni des petits. »

Et elle commença à le faire manger. Il n'avait pas avalé quatre bouchées qu'il voulut se coucher.

« Il ne sait pas trop ce qu'il veut, voyez-vous, madame ; il se fait coucher deux fois par jour, et il n'est pas plutôt au lit qu'il faut le lever.

— Mais tu ne peux pas le coucher toute seule, avec tes lits hauts de quatre pieds au moins !

— Vraiment non ! j'appelle deux de mes petits garçons, grands gars de dix-huit ans, qui m'aident avec beaucoup d'adresse et sans lui donner la moindre secousse.

— Si vous saviez comme elle le soigne, dit le mari de Madeleine, pendant qu'elle apprêtait le lit, comme elle fait *tous ses caprices* sans jamais se lasser ! car mon pauvre père est à présent comme les petits enfants qui tourmentent sans cesse ceux qui les aiment le mieux.

— Je t'admire, ma chère, dis-je à la fermière, pendant que les jeunes gens transportaient le vieillard sur le lit où son corps disparut dans sa couche de plume. Il te faut un grand courage pour résister à tant de fatigues comme à tant de dégoûts.

— Mon Dieu ! madame, me répondit-elle simplement, je n'ai pas de mérite à soigner mon beau-père ; il y a plus de quarante ans que je suis entrée dans sa maison, et je l'ai toujours trouvé juste et bon pour tout le monde. Je l'aime de tout mon cœur, et je n'ai aucune répugnance pour ses infirmités ; je gagerais bien que les petits qui sont là ne trouvent pas qu'il y ait du mérite à l'assister. D'ailleurs, nous l'aimons tous, et vous savez bien que l'amitié fait qu'on trouve tout bon. »

Les servantes et les filles de la maison entrèrent pour mettre le couvert des tondeurs. On ouvrit le four qui regorgeait de galettes, de rôtis et de ragoûts de toute sorte, car la tondaille est la grande fête des cultivateurs berrichons. La maison s'anima de toutes ces allées et venues ; les tondeurs avaient fini leur besogne, bien qu'il ne fût que quatre heures, et, après avoir changé de blouse, ils faisaient leurs ablutions dans l'auge où s'abreuvent les chevaux.

Je fus tout étonnée de trouver Dumaine parmi eux, mais je ne jugeai pas à propos de lui faire de question. Un instant après

arrivèrent quelques invités au nombre des-
quels se trouvait maître Roumet, mon
métayer; il fut également frappé de la
présence de Dumaine, mais il n'eut pas la
même discrétion que moi, et quand il
l'aperçut, il s'écria :

« Eh bien ! te voilà encore dans le pays,
mon garçon ?

— Oui, maître, comme vous voyez !

— Avant d'en dire plus long, je veux
te remercier du choix que tu as fait;
quoique Fabien ne soit chez moi que depuis trois semaines, j'ai pu le juger, et
après toi c'est le garçon qui me convient
le mieux.

— Je savais bien ce que je faisais en
vous le donnant, maître Roumet; pour-
riez-vous m'occuper à présent?

— Comment! tu ne vas donc pas à
Paris?

— Non; ils ont oublié qu'ils m'avaient
retenu, et voilà ce qu'on m'écrit : « Dans

« ces grandes villes, nous ne pouvons tenir
« un engagement aussi long : quand un
« domestique nous quitte, il faut le rem-
« placer tout de suite; aucun frein autre
« que la crainte d'être renvoyé n'existant,
« un homme pris à long terme ferait tou-
« jours un mauvais domestique. »

— Voilà un fameux raisonnement *tout
de même*, pour un homme qui doit en
savoir long! s'écria le fermier. Cela
prouve que, là-bas, ils n'ont pas grand
souci de l'honnêteté des gens qui les servent. Eh bien! garçon, qu'est-ce que je t'a-
vais dit?

— La vérité, maître Roumet; mais j'aurais cru faire injure à mon semblable si
j'avais pensé comme vous; et, quoique je
sois fort embarrassé pour l'instant, je ne
me repens pas d'avoir agi comme je l'ai
fait.

— Te voilà pourtant sans place!

— C'est vrai, mais au moins je n'ai pas

manqué à ma parole. Celle d'un honnête homme ne doit-elle pas être sacrée comme serment prêté au drapeau? Oh! l'été ne m'inquiète pas! n'ai-je pas les foins, la moisson, les vendanges?

— C'est bon; mais l'hiver?

— Ah dame! l'hiver, il faudra bien pâtir un peu; mais j'aurai beau être malheureux, ça ne sera toujours pas tout comme si j'avais à me reprocher de n'avoir pas tenu ma parole, une parole donnée de plein gré! Et s'il faut vous parler franchement, j'aime mieux être le pauvre diable qui va *débattre* sa vie comme il le pourra, que le monsieur qui me met dans l'embarras.

— Dumaine, dit gravement le vieillard en tendant la main au soldat, tu faucheras, tu moissonneras et tu vendangeras chez nous, et tant pis pour le monsieur qui ne sait pas connaître les braves gens et ne met pas la probité avant tout! Quand l'hiver sera venu, eh bien! ma foi, l'on verra! »

Je me trouvai humiliée dans le rang que j'occupe, par la simple honnêteté de ces deux hommes. Ce petit incident me donna l'intelligence de bien des perturbations sociales que je ne m'étais pas expliquées jusque-là.

Chez tous les paysans du Berri, riche ou pauvre, le lit du maître est invariablement placé à côté de la cheminée dans la pièce où se fait la cuisine et où l'on prend les repas. Dans l'étroit espace qui reste entre le lit et la cheminée, à hauteur d'homme, se trouve un petit enfoncement d'un pied carré fermé d'une porte soigneusement cirée et frottée; c'est là que le maître dépose son argent.

Cette place d'honneur avait été conservée au vieillard qui, de son lit, présidait aux travaux de l'intérieur et aux repas de la famille; il gardait la clef de l'argent, et son fils, qui avait plus de soixante ans alors, lui rendait compte de tout et lui deman-

dait ce dont il avait besoin pour payer la
dépense de la maison. L'on vint m'avertir
que nous étions servis, et je trouvai dans
la chambre voisine la compagnie du fermier. Le maître présidait notre table qui
était servie par la maîtresse et sa fille aînée.

Après avoir mangé des œufs à la coque
tels qu'on ne sait pas les faire cuire en
ville et la fricassée de poulet noire, mets
particulier aux campagnes de la Sologne
et du Berri, la conversation s'anima, et
l'on parla nécessairement beaucoup du
père impotent.

« Il souffre beaucoup plus qu'on ne le
pense de se voir réduit à l'inutilité, me
dit son fils. Je le comprends bien, moi qui
suis accoutumé à voir où est son idée.
Quand il fut obligé de s'en remettre à
moi pour les semailles, il me dit d'un air
triste : « Mon garçon, c'est le comman-
« dement que je te cède là ! à partir d'au-
« jourd'hui j'irai toujours en diminuant

« jusqu'à ce que je devienne tout à fait
« incapable. Alors je serai une charge
« pour vous tous. »

Cette parole-là m'a retourné le cœur.
Plus tard, ses pieds sont devenus si tendres
qu'il a été obligé de monter sur l'âne pour
faire chaque jour sa tournée dans les
champs, afin de s'assurer par lui-même
de ce que font les laboureurs.

« Jean, m'a-t-il dit, voilà encore un
échelon de descendu et je ne tarderai pas
d'être en bas. Fais attention que tes enfants ne me marchent pas sur le corps,
si tu veux être respecté quand tu seras
vieux ! »

Ça m'a fait pleurer comme une femme.
J'ai compris tout de suite qu'à présent
mon père se choquerait de la moindre
chose, parce qu'il s'imaginait qu'on *ne le
regarderait* plus comme quand il était dans
toute sa force. J'ai rassemblé tout mon
monde et leur ai dit la chose en les aver-

tissant que le premier qui ferait mine de
rire devant le vieux maître sortirait de la
maison tout de suite, enfant ou domestique,
peu importe ; et ils m'ont compris.

Alors je suis allé trouver notre maître,
car le temps de renouveler bail approchait,
et c'est le second qui devait se faire à
mon nom. Je lui dis :

« Notre maître, je ne sais pas quelles
sont vos intentions ; mais si vous aviez l'i-
dée de nous renvoyer de ce domaine où
nous sommes tous nés, autant vaudrait
tuer tout d'un coup mon pauvre père ; et,
s'il faut, pour épargner un chagrin à sa
vieillesse, que je devienne votre esclave, je
le serai, monsieur, moi et tous mes garçons aussi. Je ne suis rien devant mon
père ; pas tant que rien, voyez-vous, quoique je commande ferme aux autres ! On
ne met pas la charrue dans le champ, la
faux dans le pré et la faucille dans les blés,
sans avoir pris son avis ; car il ne faut pas

qu'il s'imagine qu'on fait *fi* de lui parce qu'il n'a pas ses idées bien claires. » —

Notre maître m'a bien compris. Tout est resté comme auparavant, et quand je l'ai dit à mon père, il m'a répondu : « Dis-lui que je verrai le bon Dieu avant lui et qu'il saura tout ! »

Jean en était là de son récit dont je ne donne que la substance, car le paysan berrichon est prolixe et diffus, quand toutefois il se décide à parler, lorsqu'un de ses petits-fils vint dire que Paul le demandait.

« Voyez-vous ce gars qui a onze ans ? il s'appelle comme notre maître ; c'est mon père qui l'a voulu pour entendre sans cesse à son oreille le nom de l'homme qu'il aime le mieux au monde ; auparavant on le prononçait rarement ici, mon père disant qu'il n'était pas révérencieux de le faire sans grande nécessité. »

Puis il quitta la chambre, après nous avoir fait des excuses sans fin.

« Qui est-ce que Paul? dis-je à la maîtresse.

— Mon Dieu ! madame, c'est un de nos
charretiers à qui il est venu un *furieux*
mal à la jambe. Il n'y a que le maître
qui puisse en approcher, et il ne prend
rien que de sa main ; de sorte que Jean ne
peut plus quitter la maison une journée tout entière et qu'il couche à l'é-
curie à côté de lui. Paul l'aime mieux que
le médecin pour panser son mal. Ça nous
gêne bien un peu pour les foires et les
marchés ; mais que voulez-vous donc!
Puisque Paul ne veut pas être soigné
par d'autres! Notre aîné remplace le
père, ce qui le forme et ne lui fait pas de
mal pour le temps où il sera maître à son
tour.

— Il me semble que vous êtes bien
nombreux ici, ma bonne Madeleine?

— C'est bien vrai, ma chère dame ; mais
notre fille aînée est restée veuve avec cinq

enfants ; fallait-il la mettre à la porte parce qu'elle n'avait plus le bon ouvrier qui travaillait à la maison ?

— Ses enfants servent ailleurs, sans doute ?

— Oh ! madame, si on les eût envoyés en service, ça n'aurait-il pas été lui dire qu'elle était de trop à la maison ? On les emploie ici selon leurs forces ; nous les marierons tous à mesure que l'âge viendra, et la maison désemplira. »

J'avais apporté quelques bouteilles de cassis de ma façon ; je les fis déboucher, et, entrant dans la pièce où les joyeux tondeurs étaient à table, je leur en versai moi-même ainsi qu'aux femmes qui les servaient. J'en pris quelques gouttes, et je bus à la santé du vieillard dont je m'étais approchée et à la mémoire de mon père qu'ils avaient presque tous connu. On me répondit par une acclamation générale qui fut entendue par le pauvre

sourd. Il tourna ses yeux ternes vers nous,
et dit :

« Merci, les enfants, merci ! »

Il avait compris.

LE PIED MALADE.

Adrienne Durozel suivait le cours de Mlle Menais, ainsi que plusieurs de ses petites amies ; mais, bien qu'elle fût très-intelligente, il était rare qu'elle obtînt de bonnes places, car l'étude l'ennuyait. Elle apprenait mal ses leçons et faisait ses devoirs avec négligence ; et aussitôt qu'elle n'était plus surveillée, elle passait son temps à lire des contes ou des comédies au lieu de travailler.

La veille d'une composition en géographie Mme Durozel dit à sa fille :

« Mon enfant, tu vas faire aujourd'hui ta carte d'Europe. Je suis obligée de sortir, ce qui me contrarie extrêmement ; il faut, ma chérie, mettre beaucoup d'application à ce travail, afin d'avoir, demain, l'œil et la main assez exercés pour bien faire cette carte quand tu seras en composition ; tu sais que Mlle Menais ne permet pas qu'on ait de modèle. Promets-moi de travailler tout comme si j'étais auprès de toi ! car, si je croyais que tu dusses perdre ton temps en mon absence, je négligerais plutôt mes affaires que de te laisser à toi-même. Je serais si contente de te voir une bonne place !

— Allez à vos affaires et soyez tranquille, chère maman ; je ne quitterai pas ma carte qu'elle ne soit terminée,

et je veux même la corriger sur l'at-
las. »

En effet, Adrienne traça ses degrés et
dessina les contours de quelques-unes des
contrées du nord ; ayant eu besoin de com-
pas, elle alla en chercher un dans le cabinet de son père. Là, elle vit sur le bureau
quatre petits volumes tout neufs. Elle prit
le premier et l'ouvrit pour voir le titre et
les gravures: c'était *le Robinson suisse*.

L'enfant voulut lire seulement le premier chapitre, puis, se laissant entraîner,
elle continua de lire malgré le cri de sa
conscience qui lui reprochait de tromper
sa mère, et de manquer à la parole qu'elle
lui avait donnée. Mais la tentation était
grande, et elle n'eut pas la force d'y résister.

Adrienne croyait avoir lu pendant une
heure tout au plus quand elle entendit
rentrer sa mère. Elle remit promptement
le livre où elle l'avait pris, et traversa le

salon en courant pour revenir se remettre
au travail. En passant devant la pendule,
elle jeta les yeux sur le cadran et vit avec
confusion qu'il y avait près de trois heures
que Mme Durozel était sortie.

Accablée par la faute qu'elle n'avait pas
le courage d'avouer, en entendant sa mère
approcher, Adrienne se jeta tout éperdue
sur le canapé. Quand Mme Durozel entra,
elle fut effrayée en voyant le visage boule-
versé de sa fille.

« Ah ! mon Dieu, mon enfant, que t'est-
il donc arrivé? s'écria la pauvre mère. Serais-tu malade?

— Oui, maman, balbutia Adrienne, je
souffre horriblement d'une douleur au
pied droit et à la jambe. »

Mme Durozel, fort alarmée, sonna Brigitte, la bonne qui avait élevé l'enfant, et
l'envoya chercher un médecin.

Quand il fut arrivé, on déchaussa la
malade, qui poussait des cris aigus. Le

Elle vit sur le bureau quatre petits volumes tout neufs. (Page 205.)

docteur visitant le pied et la jambe n'y reconnut la trace d'aucun mal. Il se montra fort étonné de cette vive douleur qui ne laissait pas de répit. Il ordonna matin et soir une application de feuilles de belladone arrosées de laudanum de Rousseau.

L'on coucha la malade, et Brigitte s'établit auprès d'elle. Son père vint la voir ; et, pour lui faire prendre son mal en patience, il lui apporta les quatre volumes du Robinson suisse qu'il avait achetés la veille pour les lui donner, si elle avait une bonne place en composition. Il ne s'imaginait guère que la petite fille les eût déjà vus.

Cette comédie dura cinq jours, pendant lesquels Mme Durozel fit tout ce qu'elle put pour distraire sa fille, dont elle satisfit toutes les fantaisies ; mais l'ennui s'empara d'Adrienne. Le temps était magnifique ; elle aurait bien voulu aller jouer aux Tuileries avec ses petites amies ; et, ne pensant plus à son rôle, elle s'agitait en tous sens dans son lit.

Brigitte qui l'observait et commençait à douter de la réalité du mal au pied, résolut de s'assurer de la vérité.

Le soir, à l'heure dite, elle prépara le pansement. Adrienne était si absorbée par la lecture de la *Fée des nuages*, et la bonne s'y prit si délicatement, que la malade oublia de pousser les gémissements accoutumés.

Brigitte mit adroitement le cataplasme de Belladone à la bonne jambe.

Le médecin qui venait tous les matins voir où en était ce singulier mal, fut stupéfait quand il vit le pansement fait à l'autre jambe. Il allait se récrier quand il rencontra le regard de Brigitte. Il défit la flanelle et les linges comme à l'ordinaire, et toucha le pied, ce qui fit sursauter Adrienne et lui arracha de légères exclamations de douleur.

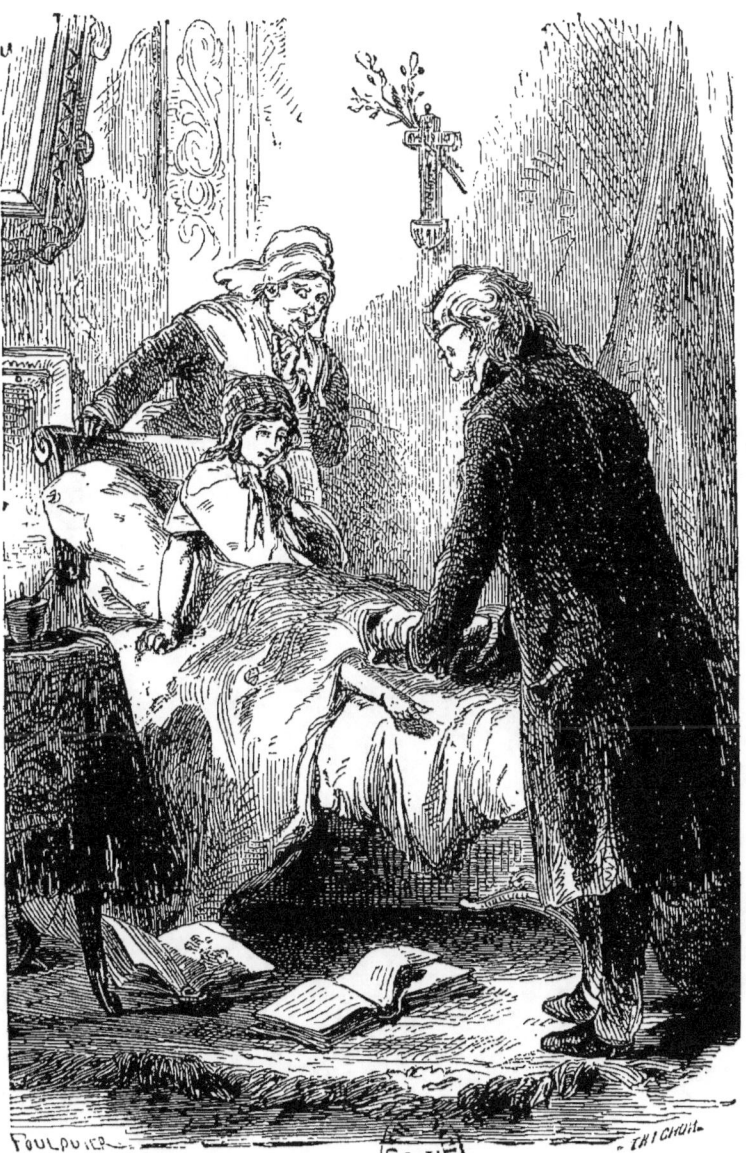

Vous souffrez donc toujours, mon enfant? (Page 212.)

« Vous souffrez donc toujours, mon enfant ? dit-il.

— Un peu moins qu'hier, docteur, répondit la petite d'un air composé.

— Et l'autre pied, comment va-t-il ?

— Oh ! parfaitement ; voyez plutôt ! »

Et elle fit faire diverses évolutions à son
pied droit.

« Accourez, madame ! cria le médecin à
Mme Durozel qui entrait ; accourez voir un
prodige ! Voilà six jours que je m'évertue
à guérir le pied droit de votre fille sans y
parvenir ; et Brigitte, en appliquant le
pansement au pied gauche, a fait ce mira-
cle ! Mais je crains fort qu'il ne résulte de
tout cela un mal bien plus grave et qui
demandera toute votre sollicitude. »

Et, prenant son chapeau, il sortit en regardant froidement Adrienne qui s'aperçut seulement alors du tour que lui avait
joué sa bonne.

Elle fut si honteuse de voir sa supercherie découverte qu'elle fondit en larmes.

« Oh! mon enfant, dit Mme Durozel plus affligée que sa fille peut-être, comment es-tu descendue à un pareil mensonge, et comment y as-tu persévéré aussi long-temps? Ta conscience est-elle donc restée muette pendant les six jours que tu viens de passer dans ton lit?

— Non, en vérité, chère maman, ré-pondit Adrienne en sanglotant; j'avais honte de moi-même; mais je ne savais comment me tirer de la position où je m'étais jetée si étourdiment. »

Et elle raconta à sa mère comment la chose s'était passée.

« Ma fille, ne dois-je donc plus m'en reposer sur ta loyauté, ni croire à ta pa-role! Ah! tu me causes en ce moment le plus vif chagrin que j'aie encore ressenti : car le mensonge est une chose si basse et si dégradante, qu'il laisse à l'âme une tache difficile à effacer ; et la seule idée de te savoir menteuse me remplit de douleur.

— Chère bonne mère, punissez-moi, car je l'ai bien mérité ; mais ne m'ôtez pas votre confiance ! rien ne me coûtera pour la regagner, je vous l'assure ; mettez-moi à l'épreuve, et vous verrez ! Oh ! surtout, surtout n'ayez plus de chagrin, ma mère, je vous en supplie ! »

Depuis ce jour Adrienne travaille avec assiduité, et la bonne harmonie de la famille, un instant troublée par cet incident se rétablit enfin. Mais la pauvre enfant ne peut jamais regarder en face le médecin qui l'a soignée et dont la présence ravive tous ses remords.

LE CARRIER.

L'automne tirait à sa fin, mais le temps était magnifique. Les feuilles revêtaient les teintes les plus chaudes et les plus variées. La prairie était encore émaillée de ces jolies fleurs de colchique qui ressortent si bien sur sa verdure veloutée.

Près de l'habitation de M. Germann se trouve une étroite vallée, traversée par un petit ruisseau coulant sur des cailloux de toutes les couleurs, et dont les bords sont couverts de menthes, de myosotis et de fenouil sauvage.

Profitant d'une de ces belles journées, les dernières de la saison, Mme Germann, qui s'occupe de peinture pendant les loisirs que lui laisse l'éducation de ses deux enfants, les emmena dans la prairie des Aulnes. Elle s'installa en face de vieux arbres plantés au bas de la colline, reliés entre eux par d'immenses guirlandes de clématites chargées de houppes soyeuses, et de vignes sauvages aux feuilles rougissantes.

A l'ombre de ce petit bosquet l'on entrevoit une pauvre cabane dont la porte ouverte en ce moment laissait passer un rayon de soleil qui en illuminait l'intérieur. Un gros chat sommeillait sur le seuil, tandis que quelques poules gloussaient à l'entour.

Ce tableau était si calme et si joli que Mme Germann ne résista pas au désir de le peindre. Elle se mit à travailler, laissant Georges et Alice courir en liberté. Ils se dirigèrent d'abord vers des monticules gazonnés, restes de carrières abandonnées depuis longtemps, pour y cueillir des mûres appétissantes. En apercevant de plus belles encore, ils montèrent plus haut, montèrent toujours et, s'éloignant insensiblement de la prairie, ils se trouvèrent dans une vigne nouvellement vendangée.

En avançant encore, ils arrivèrent à un monceau de grandes pierres blanches, et comme cette course avait essoufflé Alice, elle s'assit. Georges qui n'était pas fatigué, gravit les pierres, et quand il fut au sommet il s'écria : « Oh ! ma sœur, viens voir quelque chose de curieux. »

La petite fille ayant rejoint son frère, fut bien étonnée de se trouver au bord d'un grand trou rond, comme un puits, mais

infiniment plus large et profond de cinq
mètres. L'on y voyait deux tonnes de vén-
dange ; à quelque distance brûlait un petit
feu dont la fumée montait lentement le
long de la paroi. Une broche en fer fichée
dans les interstices de la muraille soutenait
une petite marmite d'où s'échappait une
forte odeur de chou. Du côté opposé, à un
mètre du sol, une grande excavation con-
tenait une misérable couchette en paille à
peine couverte d'une limousine en lam-
beaux. Ce pauvre lit était assez mal abrité
par un auvent formé de vieilles planches.
Des piquets disposés comme des porte-
manteaux autour de cette étrange habitation, soutenaient des paniers, des cordes,
de vieilles hardes, et divers ustensiles.
Quelques pièces de vaisselle ébréchée se
voyaient dans les cavités de cette muraille
naturelle. Enfin, une échelle appuyée à
la paroi servait à descendre dans cette
tanière.

« Se peut-il donc, dit Alice, après avoir bien regardé toutes ces choses, se peut-il donc qu'un pareil lieu soit habité ?

— Sans doute, cela se peut, puisqu'on y fait la soupe aux choux !

— Oh ! mon bon petit frère, dit-elle d'un ton câlin, j'ai grande envie de descendre là-dedans pour voir comment l'on s'y trouve. Ce doit être si drôle d'être dans une habitation qui n'a ni portes ni fenêtres, ni même de toit qui la mette à l'abri !

— Mais comment feras-tu pour descendre à l'échelle ?

— Tu passeras le premier, tu me tiendras un peu, et je n'aurai pas peur du tout.

— Mais si maman gronde ?

— Pourquoi gronderait-elle, puisque nous ne ferons pas de mal ?

— Mais peut-on donc entrer comme cela chez quelqu'un sans lui demander la permission ?

« — Tiens ! puisque tout est ouvert ici, c'est qu'on peut y entrer quand on le veut.

— Mais....

— Te voilà bien avec tous tes *mais !* d'ailleurs, as-tu jamais été de l'avis de quelqu'un, toi qui mets ton plaisir dans la contradicti n !

— Allons ! mademoiselle, ne vous impatientez pas ; l'on va faire ce que vous désirez. »

Les deux enfants se dirigèrent vers l'échelle. Georges descendit quelques échelons, puis sa sœur le suivit, et il la conduisit ainsi en lui faisant un rempart de ses deux bras jusqu'au fond du grand trou. Quoiqu'il leur fût arrivé plus d'une fois d'accompagner leur mère dans ses visites de charité, ni l'un ni l'autre n'avaient jamais vu un dénûment si complet. Ils examinèrent d'un œil curieux les détails de cette singulière installation, et remarquèrent que l'industrieux maître du lieu avait profité de la moindre cavité de la paroi, de toutes les saillies de la roche pour mettre à l'abri ses provisions et les diverses pièces de son pauvre ménage.

« Que j'ai donc envie de goûter du vin qui cuve dans ces deux tonneaux, dit la petite fille.

— Comment peux-tu avoir une pareille fantaisie? répondit Georges; mais ce serait un vol.

— Écoute, mon frère, j'ai dans ma poche une pièce de cinquante centimes ; je vais la mettre sur cette pierre pour payer le *vin doux*. Donne-m'en un peu, je te prie.

— Non, mademoiselle, vous n'en aurez pas !

— Pourquoi donc ça ! » cria une grosse voix derrière les enfants.

Ils se retournèrent en tressaillant et virent auprès d'eux un homme couvert d'une peau de bique, les cheveux et la

barbe mal peignés, et qui leur parut grand
comme un géant.

Alice en eut une telle peur qu'elle tomba
à genoux, pâle et les mains jointes.

Georges, presque aussi effrayé que sa
sœur, se plaça résolûment devant elle cependant, et dit en fronçant le sourcil :

« Ne vous avisez pas de la toucher ! »

Le grand vieillard les regarda un instant,
puis partit d'un grand éclat de rire qui retentit bruyamment dans le terrier; et en
riant, il laissa voir au milieu de sa barbe
qui ressemblait à du gazon desséché par
le soleil, deux rangées de dents blanches
et aiguës comme celles d'un loup.

La petite fille, se rappelant peut-être
confusément les histoires d'ogres dont sa
bonne l'avait bercée, restait à genoux et
tremblait toujours. Enfin elle s'écria :

« Pour l'amour de Dieu, ne nous faites
pas de mal !

— Ah çà ! petits, dit l'homme avec im-

Ne vous avisez pas de la toucher. (Page 224)

15

patience, est-ce que vous me prendriez par hasard pour un croqueur d'enfants? »

Puis il ajouta en adoucissant sa voix :

« Levez-vous donc, ma petite demoiselle; je vais vous faire goûter à mon vin bourru. Voici du bon pain bis, des noix fraîches et une belle grappe de raisin. Dame, la table n'est pas belle ni les siéges non plus; mais nous ne sommes pas ici sur la terre. »

Cette plaisanterie ne rassura pas complétement Alice qui, n'osant refuser la collation de l'homme aux dents pointues, s'assit sur une pierre devant le gros bloc qui servait de table; son frère l'imita, et ils mangèrent en silence. Mais le pain était bon et les noix aussi; ils burent le vin bourru avec des chalumeaux de paille, ce qui les dérida un peu.

Quand ils eurent fini, le propriétaire du terrier prit Alice dans ses bras, et la remonta aussi facilement que s'il se fût agi d'un panier de fruits. Georges le suivit de près. Avant de le quitter, il lui dit :

« Je suis le fils de M. Germann ; venez me voir chez mon père, et je vous offrirai un verre de son meilleur vin. »

Quand, suivi de sa sœur, le jeune garçon redescendit dans la vallée, leur mère fermait son carton, et Georges prit la boîte de couleurs.

— Maman, lui dit-il en la rangeant, nous venons de voir un homme sauvage qui nous a fait manger avec lui.

— Que me dis-tu là, enfant ? tu extravagues. Il n'y a pas d'homme sauvage dans notre belle patrie.

— C'en est pourtant bien un, se hâta de dire Alice, dont l'effroi n'était pas encore entièrement dissipé ; il est couvert de peaux de bête : sa barbe et sa chevelure se confondent, et il demeure en terre dans un grand trou. »

Et alors elle lui fit une minutieuse description du logis dans lequel ils étaient descendus.

« Voilà qui est bien extraordinaire ! » dit la jeune dame.

L'on raconta l'aventure à M. Germann, qui venait au-devant de sa famille.

« Je connais cela, répondit le père : cet homme est Matifat le carrier.

— Chère maman, il faudra porter des secours à ce malheureux, dont le dénûment surpasse celui du plus misérable d'entre vos pauvres.

— Ma fille, dit le père, cet homme n'est point dans la misère, comme tu le crois ; il possède un champ, une bonne vigne, et sa carrière qui, à elle seule, suffirait à le faire vivre si elle était bien exploitée.

— Mais alors, papa, pourquoi vit-il ainsi à la belle étoile, sans toit qui le garantisse du froid et de la pluie ? Pourquoi n'habite-t-il pas une maison comme tout le monde ?

— Mes enfants, le père Matifat, qui du

reste est un honnête homme, a deux grands défauts qui l'ont fait détester de ses voisins et même de tout le monde. D'abord, il n'est jamais de l'avis de personne, et il contredit sans cesse; et puis il est curieux et bavard.

« Il poussait ces défauts si loin que chacun avait fini par lui fermer sa porte : ce qui l'humilia si profondément, qu'il s'est retiré dans sa carrière, où, en effet, il vit comme un véritable sauvage, n'ayant plus de rapports qu'avec les gens qui achètent ses pierres.

— N'eût-il donc pas mieux fait de se corriger? demanda doucement Mme Germann.

— Ah! ma chère amie, se corriger est difficile quand on ne s'y prend pas de bonne heure! »

Alice, charmante enfant, était cependant curieuse; elle répétait tout ce qu'elle entendait dire; et Georges était possédé de l'esprit de contradiction au suprême degré.

Dès qu'ils furent de retour à la maison, le frère et la sœur se prirent par la main; sans s'être concertés ils coururent au jardin, et s'arrêtèrent sous un berceau de rosiers, mus tous les deux par une même pensée.

«Georges, dit Alice, quand tu m'entendras bavarder et répéter tout ce qui se dit devant moi, mets un doigt sur tes lèvres en disant : *Matifat!*

« Je comprendrai et me tairai tout de suite ; car je ne veux pas être rejetée par tout le monde comme ce vilain homme.

— J'allais te faire une semblable prière, ma sœur.

« Aussitot que je ferai la moindre objection sur ce que l'on me dira, tu fredonneras sur un air quelconque : *Matifat! Matifat!*

« Tout aussitôt j'aurai devant moi l'image de ce vieux sauvage qui s'est fait détester de tout le monde, et je me corrigerai, bien certainement. »

En ce moment, la bonne passait près du berceau, portant un panier couvert d'une serviette.

« Où allez-vous donc si vite? lui dit Alice.

— Je vais, de la part de madame, porter des provisions à la mère Marthe.

— Ah! s'écria Alice, c'est fort bien fait; son mari la laisse manquer de tout; c'est un fainéant, c'est un ivrogne, et j'ai entendu dire qu'hier....

— *Matifat!* dit Georges en souriant.

— Ah! tu as raison, répondit Alice. Allons, retournons à la maison; il fait déjà nuit.

— Mais non, dit Georges, il fait encore clair. »

Ce fut au tour d'Alice à fredonner *Ma-*

tifat! Georges éclata de rire à ses propres dépens; et tous deux rentrèrent à la maison.

LE GRAND-PÈRE.

Le commandant Hubert était un beau vieillard, portant vaillamment ses soixante et quinze ans. Son front chauve était si calme, son regard si serein, qu'on voyait bien qu'aucune faute grave n'avait jamais pesé sur sa conscience. Il demeurait à la campagne, et ses petits-enfants passaient toujours leurs vacances auprès de lui.

Un matin, vers la mi-septembre, il était fort occupé à faire préparer le terrain qui devait recevoir un certain nombre d'arbres fruitiers, et il traçait en même temps l'emplacement d'un bosquet qu'il voulait ajouter à son jardin. César, un de ses petits-fils, vint le trouver et lui sauta au cou en lui disant bonjour.

« Déjà levé, mon brave! dit le vieillard ; pour récompenser ta vigilance, je vais te cueillir une de ces belles grappes dorées que tu aimes tant! »

L'enfant prit le chasselas qui était fort appétissant :

« Oh! merci, grand-père, dit-il en croquant les premiers grains ; je n'ai jamais rien mangé d'aussi bon. »

Et le petit se mit à suivre le vieux commandant. Au bout d'un instant, il lui dit :

« Pourquoi plantez-vous donc encore des arbres?

—Mais, pour que les uns ornent le

jardin, et pour que les autres donnent du fruit.

— Il me semble, grand-père, que vous prenez là une peine bien inutile.

— Comment l'entends-tu?

— C'est que.... c'est que....

— Voyons ! explique toi.

— Grand-père, je ne sais pas trop comment m'y prendre, répondit l'enfant tout confus.

— Eh bien ! je vais t'aider. C'est que tu me trouves si vieux, que tu crois que je ne goûterai jamais aux fruits de ces arbres, et que je ne viendrai pas m'asseoir à leur ombre, et tu as raison. »

César fit un signe de tête affirmatif.

« Aussi, petit, n'est-ce pas pour moi que je les plante. »

Julie, la petite sœur de César, accourut souhaiter le bonjour au commandant. Elle regarda la grappe de raisin avec des yeux si brillants de convoitise, que son frère la lui donna aussitôt.

« Si mon père n'avait pas planté ce jardin, continua le vieillard, je ne jouirais pas aujourd'hui de ses produits et de son agrément.

— Pourtant, grand-père, il serait bien plus simple que chacun ne s'occupât que de soi ?

— Pourquoi viens-tu de donner ta grappe de raisin à ta petite sœur ?

— C'est qu'elle en avait si bonne envie que j'ai eu plus de plaisir à la lui voir manger qu'à la manger moi-même.

— Et moi, mon ami, j'éprouve beaucoup de plaisir à penser qu'un jour vous et vos enfants vous vous mettrez à l'ombre du bosquet que je plante, et que vous cueillerez les fruits que je greffe; et ce plaisir est bien plus grand que si j'en eusse joui moi-même.

— Oh! je comprends, maintenant.

— Vois-tu, petit, ajouta mélancolique-
ment le grand-père ; tout s'affaiblit, tout
passe en ce monde, hors un seul plaisir
qui survit à tous les autres, c'est celui que
l'on éprouve à répandre le bonheur autour de soi. Ce plaisir est de tous les âges,
et au mien il donne seul quelque intérêt
à la vie. »

LES EMBARRAS DE LA TOILETTE.

Mme Raymond avait invité ses huit petits enfants à venir fêter le premier jour de
mai chez elle, leur promettant de les faire
goûter sous les grands tilleuls. Ils s'é-
taient tous rendus de bonne heure à son
invitation, excepté Sylvie qui était allée
faire des visites avec sa mère.

Après avoir bien joué dans le grand

jardin de leur bonne maman, les enfants vinrent se reposer auprès d'elle. Sylvie, petite fille de dix ans, arrive enfin avec son frère : elle avait une robe de taffetas rose, un corsage blanc brodé, un chapeau avec une couronne de marguerites, et une écharpe de gaze bleue.

En la voyant si belle, Mme Raymond s'écria :

« D'où viens-tu donc, ma chère enfant, avec cette grande toilette?

— J'arrive de la Maison-Fort, un magnifique château où Henri IV a couché. On nous a montré sa chambre et son lit. Ah! qu'il est beau ce château, grand'-mère, et que je voudrais bien en avoir un semblable!

— Tu crois donc, mon enfant, que tu y serais plus heureuse que dans votre jolie petite maison?

— Certainement, j'y serais plus heureuse! j'aurais de belles toilettes; je m'as-

D'où viens-tu donc, ma chère enfant? (Page 262.)

siérais sur de beaux meubles couverts de satin broché, et j'y resterais bien droite pour ne pas chiffonner mes rubans et mes dentelles.

— Tu aurais là un triste plaisir, en vé-rité !

— Bien au contraire, bonne maman, c'en serait un très-grand pour moi; puis je parcourrais mes appartements pour voir toutes les belles choses dont ils seraient remplis, et je ne permettrais certainement pas aux enfants qui viendraient me voir de toucher à rien, ni de courir, ni de sauter dans mes salons, parce que cela fait de la poussière et use les tapis.

— Alors, tu n'aurais pas souvent ma visite, madame la marquise! dit le plus grand des cousins qui avait treize ans.

— Et puis, continua Sylvie, je me pro-mènerais autour de ces belles pelouses qui ressemblent à du velours vert, et je ne souffrirais point que l'on marchât dessus;

enfin j'admirerais les fleurs rares de mes plates-bandes, et je ferais tuer tous les insectes qui viendraient s'y poser.

— Quoi ! dit une petite fille de l'âge de Sylvie, tu serais assez méchante pour tuer les papillons qui sont presque aussi jolis que des fleurs !

— Et ces demoiselles, que tu admirais tant l'autre jour, dont le corps est aussi beau que le bracelet d'émail de maman, dit une autre, et dont les ailes sont plus fines que son voile de dentelles ?

— Pourquoi viendraient-elles gâter mes fleurs ! je n'en aurais aucune pitié ! »

Tous les enfants se regardèrent avec étonnement.

Comme il restait encore une heure avant celle du goûter, on se dispersa de nouveau dans le jardin ; mais Sylvie revint bientôt auprès de sa grand'mère, disant que le sable des allées éraillait ses brodequins de poult de soie gris.

« Il faut jouer aux *petits paquets*, dit-
elle à ses cousines, car je vous préviens
que je ne puis marcher que sur la pelouse.

— Ha! ha! dit un malin, il paraît que
les gazons de grand'mère ne sont pas aussi
précieux que ceux de ton château ! »

Sylvie rougit un peu. On fit ce qu'elle
demandait; mais au bout de cinq minutes
elle quitta le jeu parce que l'herbe verdis-
sait ses bottines, et elle revint encore auprès de Mme Raymond.

« Pourquoi, mon enfant, lui dit celle-
ci, n'as-tu pas quitté cette toilette qui te
gêne tant dans tes jeux?

— Maman le lui a dit comme vous,
grand'mère, répondit le frère de Sylvie;
mais mademoiselle a voulu faire *la belle*
avec ses cousines. »

Sylvie, qui commençait à s'ennuyer,
bâilla deux ou trois fois; Mme Raymond
fit un signe à Maria, l'aînée de ses quatre
petites-filles, en lui montrant sa cousine

tristement assise sur son pliant. Maria comprit parfaitement ce que désirait sa bonne maman ; elle rassembla la troupe disséminée dans le jardin et dit :

« Jouons à la main-chaude ! »

Aussitôt un des garçons s'agenouilla devant la grand'mère, qui couvrit la tête de l'enfant, et chacun lui frappa dans la main ; il ne devina pas tout de suite, et se trompa deux ou trois fois ; enfin il s'écria :

« Oh ! pour le coup, c'est Sylvie ! cette fois, j'en suis sûr !

— Pourquoi cela ?

— Parce que tu n'as pas frappé fort craignant de déranger ta toilette. »

Tout le monde se mit à rire.

« Allons, Sylvie ! c'est à ton tour : mets-toi à genoux, et surtout ne regarde pas !

— Mais je ne veux pas me mettre à genoux, moi ! je froisserais tous les volants de ma robe !

— Eh bien! nous jouerons sans toi, » dit son frère.

En effet, le jeu continua. Maria, voyant sa cousine s'ennuyer encore, dit :

« La main-chaude est un amusement de garçons ; ces messieurs frappent trop fort. Trouvons donc un jeu qui permette de rester assis !

— Jouez au furet avec un anneau passé dans un cordon, » dit la grand'mère.

Maria courut chercher un cordon de soie, et Mme Raymond prêta son anneau.

Les voilà donc tous assis en rond, faisant tourner rapidement le cordon dans leurs mains. L'anneau passait si adroitement de l'un à l'autre des joueurs, que le *chercheur*, placé au milieu du cercle, avait bien de la peine à le saisir. Maria, qui chercha la première, parvint à prendre le furet dans les mains de son frère.

Sylvie était placée entre ses deux grands

cousins, qui se donnaient beaucoup de mouvement; elle leur dit avec humeur :

« Restez donc un peu tranquilles, messieurs, vous chiffonnez les garnitures de mon corsage !

— Que veux-tu, cousine ! répondit l'un, c'est au jeu qu'il faut t'en prendre et non pas à nous.

— A ta place, ajouta l'autre, j'irais me mettre dans la niche de l'escalier, tout à côté de la statue de l'Espérance. »

C'était au tour du frère de Sylvie de chercher le furet : il vit à l'embarras de sa sœur que l'anneau était entre ses mains ; et se précipitant sur elles comme l'oiseau de proie sur l'alouette, il les abattit sur les genoux de la petite fille en les y maintenant fortement pour saisir l'anneau.

« Que tu es détestable, Raoul ! dit-elle en pleurant presque, vois comme tu arranges ma robe ! Prends l'anneau tant que tu voudras; pour moi, je ne veux plus jouer à ce jeu-là. »

Et elle alla s'asseoir encore une fois auprès de sa bonne maman.

Le furet n'en continua pas moins avec des éclats d'une gaieté qui se soutint jusqu'à l'heure du goûter.

Sylvie, droite sur son pliant comme une poupée sur son pied, et bâillant malgré les efforts qu'elle faisait pour étouffer ses bâillements, commença à trouver qu'une belle toilette est quelquefois bien gênante.

On vint avertir que le goûter était servi, et les enfants coururent en tumulte vers l'allée de tilleuls. Il y avait, entre autres choses, sur la table, une crème suisse au chocolat. Sylvie, qui l'aimait beaucoup, ne la mangea, ce jour-là, que du bout des lèvres, tant elle était mécontente des autres et d'elle-même. Le plus jeune des enfants qui se trouvait à côté d'elle, voulant lui faire voir un beau papillon qui

venait se poser sur le bouchon d'une ca-
rafe, la tira par le bras et fit répandre de
la crème sur le fameux corsage brodé.

La petite vaniteuse eut un tel mouvement de colère qu'elle repoussa rudement
l'enfant; il fût bien certainement tombé si
sa bonne n'eût été là tout justement pour
le retenir.

Le petit bonhomme pleura, et le goûter
s'acheva tristement.

En sortant de table, Mme Raymond
s'installa sous un berceau de rosiers tout
auprès de la maison. Les enfants l'y sui-
virent en silence, au lieu d'aller courir
comme à l'ordinaire.

Les voyant tous rangés autour d'elle, la
bonne maman leur dit :

« Asseyez-vous, mes chers petits : je vais
vous conter une histoire. »

Et elle commença ainsi :

« Il y avait à Paris une jeune femme
nommée Mme Julie Bercy; cette dame,

très-belle et très-spirituelle, mais extrêmement frivole, n'était occupée que de
futilités. Elle passait son temps en visites
et en fêtes, tout occupée de montrer ses
belles parures. Chaque matin, elle passait
un temps infini à se coiffer, à polir ses
ongles et à parfumer toute sa personne.
Elle soignait particulièrement ses mains,
qui étaient fort belles, et afin d'en mieux
conserver la blancheur, elle gardait des
gants même au lit; aussi faisait-elle une
grande consommation d'essence et de cos-
métiques de toutes sortes.

« Elle ne s'occupait même pas de ses
enfants, et ils restaient entièrement livrés
aux soins de leur bonne; à peine la
mère les embrassait—elle une fois par
jour.

« Quoique Mme Bercy fût-bien riche,
elle n'avait pourtant jamais d'argent pour
faire l'aumône; car elle dépensait tout
pour satisfaire sa vanité; elle ne savait

pas même trouver le temps de rendre un service.

« Elle avait pour oncle un excellent prêtre, il lui adressait à ce sujet les paroles les plus capables de toucher ce cœur que la vanité avait endurci.

« Mais bien qu'elle l'écoutât avec déférence, elle n'en devenait pas plus raisonnable, parce que sa vanité était encore plus forte que l'affection qu'elle portait à son oncle.

« Un matin, il se rendit chez elle pour tenter un nouvel effort. Il la trouva assise devant un grand miroir ; elle essayait différentes coiffures et se regardait en souriant.

« Le digne prêtre fut frappé pour la première fois de la beauté et de l'extrême blancheur de la main de sa nièce ; inspiré du ciel, il lui dit :

« Julie, je suis décidé à ne plus te fa-
« tiguer de mes inutiles sermons ; je me

« tairai donc désormais. Pourtant, je mets
« à mon silence une condition qu'il te sera
« bien facile de remplir : c'est de dire
« chaque matin trois paroles seulement.

« — Mon cher oncle, je suis toute dis-
« posée à vous satisfaire.

« — Mais, Julie, il faut me promettre
« solennellement de n'y pas manquer !

« — Je vous le promets solennellement,
« mon oncle.

« — Il suffit de voir ta main pour com-
« prendre que tu en as le plus grand soin.

« — Je la soigne beaucoup en effet, ré-
« pondit Julie en regardant sa main avec
« complaisance ; chaque matin je la frotte
« avec de la pâte d'amandes, et ensuite je la
« parfume d'eau de myrte ou de verveine.

« — Eh bien ! chaque matin, après avoir
« frotté et parfumé ta main, tu diras, en la
« regardant et en la retournant trois fois :
« MAIN, TU POURRIRAS ! MAIN, TU POURRIRAS !
« MAIN, TU POURRIRAS !

« — Soyez tranquille! je n'y manquerai
« pas; mais laissez-moi vous dire que
« c'est là une singulière idée!

« — Que veux-tu, ma nièce! les vieil-
« lards ont parfois des bizarreries aux-
« quelles il faut compatir avec charité.
« Adieu; je m'en vais tranquille puisque
« j'ai ta parole. »

« Le lendemain au matin, Mme Bercy,
en faisant sa toilette, ne manqua pas de
tourner trois fois sa belle main, après
l'avoir soigneusement lavée et parfumée,
et de dire les paroles que son oncle lui
avait dictées. Elle en fit de même les jours
suivants sans y attacher d'importance.

« Un matin pourtant, elle s'écouta parler en prononçant trois fois : MAIN, TU
POURRIRAS!

« Mon oncle a raison, pensa-t-elle, de
« convenir que les vieillards ont parfois
« d'étranges idées! »

« Le jour suivant, après avoir dit les

trois paroles, elle regarda sa main avec une espèce de compassion, en disant :

« Il serait bien dommage, vraiment, « qu'elle pourrît ; elle est si belle ! »

« Chaque jour amenait une réflexion nouvelle.

« Au fait, elle pourrira pourtant, s'é— « cria-t-elle tout haut. Ceux qui la van— « tent aujourd'hui en auraient horreur s'ils « la voyaient alors ! »

« Une autre fois elle dit encore :

« Mais, si ma main pourrit, mon corps « aussi pourrira ! A quoi donc alors m'au— « ront servi toutes ces belles parures qui « font ma gloire et mon bonheur ! »

« Ce jour-là elle ferma sa porte aux vi— sites afin de n'être pas troublée dans ses méditations. Le lendemain elle se de— manda : « Qu'aurai-je fait en ce monde « quand il faudra le quitter ! » Et repassant dans sa mémoire sa vie tout entière, elle n'y trouva pas une seule bonne action,

17

pas le moindre devoir accompli, rien enfin qu'elle pût déposer aux pieds de Dieu pour désarmer sa juste sévérité! Et cette pensée l'effraya.

« Afin d'échapper à la tristesse qui la gagnait en dépit d'elle-même, elle se mit dans ses plus beaux atours pour aller à une fête brillante qui se donnait le même soir. En jetant un dernier coup d'œil sur son miroir, elle se trouva moins belle qu'à l'ordinaire; ses regards étant tombés sur son bras orné de bracelets et sur sa main chargée de bagues, elle éprouva un malaise indéfinissable, et elle se hâta de mettre son gant.

« Quand Mme Bercy entra dans le bal, un murmure d'admiration s'éleva de tous les coins du salon, et elle eut un instant de vif plaisir en remarquant qu'au milieu de ces brillantes et fraîches toilettes, sa toilette était la plus fraîche et la plus brillante.

« Mais, après avoir bien examiné tout

le monde, elle se mit à penser que ces hommes si joyeux, ces femmes folles de plaisir ne seraient bientôt plus que poussière, et que, tout comme sa main, ils pourriraient un jour.

« Qu'auront-ils à répondre au Seigneur, « se dit-elle, quand il leur demandera « compte de l'âme qu'il leur a donnée? »

« Puis elle songea à sa mère si pieuse, si bonne pour tout le monde. Alors la beauté de toute cette jeunesse bruyante disparut à ses yeux ; elle la vit telle qu'elle serait au jour du jugement, et son cœur se serra.

« Ne trouvant plus aucun plaisir dans cette fête, elle la quitta. En rentrant chez elle, elle passa dans la chambre de ses enfants où elle allait rarement. Ils dormaient paisiblement tous les deux, et ils lui parurent si beaux qu'elle crut ne les avoir jamais bien vus avant ce moment. Elle ne comprit pas comment elle avait pu abandonner ces chers petits êtres à des soins étrangers.

« En considérant ces deux petits anges blottis bien chaudement sous leur édredon, elle pensa que beaucoup de petits enfants n'avaient pas de couvertures à leurs lits, pas de feu pour se chauffer, pas de pain pour apaiser leur faim! et elle pleura.

« Le lendemain, Mme Bercy se leva de bonne heure contre son ordinaire ; elle alla chercher ses enfants qu'elle voulut habiller elle-même. Son oncle, qui n'était pas venu la voir depuis la promesse qu'elle lui avait faite, entra par hasard chez elle ce matin même. Il la trouva peignant les cheveux blonds de sa petite fille. Le bon prêtre, allant à elle le cœur plein d'une sainte joie, prit sa belle main qu'il baisa avec tendresse.

« Oh! mon oncle! s'écria Mme Bercy, « achevez votre ouvrage et soutenez mes

« bonnes résolutions par vos pieux con-
« seils! Guidée par vous, cette main qui
« doit pourrir un jour sèmera les bienfaits.
« Je veux accomplir tous mes devoirs,
« maintenant, afin que Dieu ne rejette pas
« mon âme quand elle aura quitté ce corps
« périssable que j'ai trop longtemps ido-
« lâtré. »

« Mme Bercy persévéra et devint une
respectable mère de famille que les malheureux bénissaient chaque jour. Quand
elle comparait son bonheur actuel avec
celui que lui donnaient jadis les vaines parures et les frivoles amusements auxquels
elle avait renoncé, elle disait au bon prêtre
avec la plus respectueuse reconnaissance :

« Ah! mon oncle! que serais-je devenue
« si vous ne m'aviez point imposé l'obliga-
« tion de dire tous les matins :

« MAIN, TU POURRIRAS! MAIN, TU POURRIRAS!
« MAIN, TU POURRIRAS! »

Sylvie avait trop d'intelligence pour ne

pas comprendre l'intention qu'avait eue sa grand'mère en racontant cette histoire, et trop de cœur pour ne pas en profiter. A peine Mme Raymond avait-elle fini de parler, que la petite fille se jeta dans ses bras en sanglotant. Mme Raymond l'embrassa sans lui rien dire, et parvint à la calmer par ses caresses.

Depuis lors, Sylvie devint aussi simple te aussi modeste qu'elle avait été vaniteuse.

LA LEÇON DE CALCUL.

« Que tu es donc sotte, Pélagie! disait Anaïs avec impatience; voilà quinze jours que je *me tue* à te faire apprendre la table de Pythagore, et tu n'en sais pas encore trois nombres complets. Conviens que tu y mets beaucoup de mauvaise volonté!

— Pourtant, mademoiselle, répondit l'enfant en pleurant, je fais grande attention à tout ce que vous me dites.

— Non, certainement, tu n'y fais pas attention! autrement tu apprendrais mieux ce que je t'enseigne, et je ne perdrais pas mon temps avec toi. Je suis, en vérité, bien bonne de me *casser* la tête pour une petite fille inappliquée comme toi. J'ai fort envie, je t'assure, de ne plus te donner de leçons.

— Oh! ma chère demoiselle, ne faites pas cela! s'écria la pauvre petite tout en larmes; mon père serait si content si je savais le calcul! »

Anaïs allait répliquer aigrement quand elle aperçut sa mère qui l'écoutait depuis quelques instants, et elle se sentit mal à l'aise.

« Pélagie, mon enfant, dit doucement Mme Chanella, retourne chez toi; et, tout en faisant ton ouvrage, pense à ce que tu

Que tu es donc sotte, Pélagie. (Page 263.)

viens d'étudier ; tu le comprendras mieux demain. »

Quand son élève fut partie, Anaïs voulut s'excuser auprès de sa mère.

« Ma chère, répondit celle-ci, ce n'est qu'avec beaucoup de douceur et de patience que tu parviendras à enseigner le calcul à cette enfant ; et je ne saurais te pardonner l'irritation que tu apportes aux leçons que tu lui donnes.

— Mais enfin, maman, il faut que Pélagie manque d'intelligence ou de bon vouloir ! voilà plus de quinze jours que je lui fais répéter sa table de Pythagore d'un bout à l'autre, et elle n'en sait pas encore la moitié. Vous conviendrez, maman, qu'on s'irriterait à moins ! »

Mme Chanella quitta sa fille sans répliquer, et celle-ci crut l'avoir convaincue.

Le soir même, elles firent une promenade hors la ville. En revenant, elles passèrent devant la maison de la mère Blonde, aïeule de Pélagie. La bonne femme était occupée, ainsi que sa petite-fille, à broyer le chanvre.

En apercevant les deux dames, elles quittèrent chacune la *broye* qu'elles menaient si prestement, pour les prier de se reposer un moment dans leur pauvre maison. Mme Chanella accepta la chaise qu'on lui offrait et s'assit dehors, tout auprès de la porte, et Anaïs dit à sa petite écolière :

« Pélagie, laisse-moi broyer un peu ton chanvre; il me semble que ce ne doit pas être bien difficile ?

— Oh! non, c'est une besogne que tout le monde peut faire; mais, mademoiselle, la *broye* sera bien rude pour vos mignonnes mains qui sont si blanches et si douces; elle vous semblera bien lourde au bout de votre bras.

— Tu manœuvres bien cette lourde machine, toi qui n'as que onze ans; pourquoi

ne le ferai-je pas aussi bien que toi, moi
qui en ai treize ? »

Et, quittant son chapeau et son mantelet, Anaïs prit une poignée de chanvre
brut d'une part et le manche de la *broye*
de l'autre ; puis elle imita les mouvements
qu'elle venait de voir faire à la mère Blonde.
Elle n'eut pas donné deux coups sur les
tiges dures du chanvre, qu'elle s'arrêta
tout essoufflée, convenant en elle-même
qu'en effet la machine était rude et
lourde ; mais elle continua par amour-
propre, et finit péniblement de broyer
le peu de chanvre qu'elle avait entre-
pris. Alors elle tomba sur une chaise tout
épuisée.

« Je vous l'avais bien dit ! cria la bonne
femme en riant ; je savais bien que ce n'é-
tait pas là un outil de demoiselle !

— Mais comment fait donc Pélagie ? elle
est pourtant moins forte que moi !

— Ha ! dame, voyez-vous, j'ai commencé

par lui donner seulement quelques brins de chanvre à broyer, pour que ça ne fût pas trop dur; petit à petit, j'ai augmenté la *dose*, voilà comment elle s'est habituée à cet ouvrage pénible; et aujourd'hui, elle y est *quasi* aussi habile que moi. Et puis, ma chère demoiselle, les pauvres gens comme nous sont bien forcés d'exercer leurs bras de bonne heure, afin de pouvoir gagner leur vie. Pélagie, quoique bien plus faible que vous, fait déjà bien des choses que vous ne pourrez jamais faire. »

Mme Chanella prit congé de la mère Blonde et rentra chez elle avec sa fille.

« Comprends-tu maintenant, Anaïs, lui dit-elle, pourquoi cette enfant n'apprend pas la table de multiplication aussi facilement que tu l'as apprise?

— Mais non, chère maman!

— Pourquoi ne peux-tu pas broyer le chanvre comme elle?

— C'est que je n'ai pas, comme elle, exercé la force de mes bras.

— Eh bien ! ma fille, Pélagie n'a pas, comme toi, exercé la force de son intelligence, et ce qui pour toi est facile lui offre de grandes difficultés.

— C'est juste, maman, je n'avais pas du tout pensé à cela.

— Il est fort probable que ton élève ne comprend pas non plus qu'une fille grande et forte comme toi ne puisse supporter pendant cinq minutes le travail que, plus faible et plus petite, elle fait des heures entières. Et....

— Je sais ce que vous allez dire, chère mère : vous me trouvez déraisonnable de m'irriter contre la difficulté qu'elle éprouve à me comprendre, tout comme elle l'eût été de me gronder parce que je ne puis broyer le chanvre.

— Précisément, ma fille : imite la mère Blonde, en donnant à Pélagie peu de chose à apprendre d'abord, et avec un peu de persévérance, tu finiras par lui en apprendre beaucoup. »

LE DENTISTE.

« Blanche, voici le dentiste, et tu sais que nous sommes convenus qu'il t'arracherait ces deux dents qui gênent les autres.

— Oui, maman, je veux bien me les laisser arracher, mais à condition que vous me tiendrez les deux mains; sans cela, je sens que je n'aurais jamais le courage de laisser approcher le dentiste. »

18

Quand Blanche eut les mains dans celles de sa mère, elle la sentit trembler si fort qu'elle lui dit :

« Maman, ne me tenez plus les mains, puisque cela vous fait mal; allez dans le salon, je vous prie, et vous reviendrez quand tout sera fini. »

Mais la maman n'était pas sortie encore que les deux dents étaient arrachées, avant même que Blanche eût le temps de jeter un cri.

LES JOUJOUX.

Un jour de l'an, on mena Raoul et son frère Antony chez un marchand de joujoux, et on leur dit de choisir ce qui leur plaisait. Raoul prit un fusil, un sabre et un tambour en cuivre. Antony choisit un jeu de patience, une boîte d'architecture contenant tout ce qu'il fallait pour bâtir des ponts, des églises, des maisons; un jeu de dominos et un loto.

Au bout de huit jours, Raoul fut ennuyé
de ses joujoux qui étaient toujours les
mêmes, tandis que son frère trouvait un
nouveau plaisir à faire toute espèce de
constructions, à arranger sa patience, à
jouer aux dominos avec son père.

« Mon frère, dit Raoul, je m'ennuie!

— Eh bien! viens jouer avec moi, mon
frère. Mes joujoux sont à toi aussi bien
qu'à moi : tout est commun entre frères. »

TABLE DES MATIÈRES.

———

FIN DE LA TABLE

PARIS. — TYPOGRAPHIE A. LAHURE

Rue de Fleurus, 9

LIBRAIRIE HACHETTE ET Cⁱᵉ

BOULEVARD SAINT-GERMAIN, 79, A PARIS

LE

JOURNAL DE LA JEUNESSE

NOUVEAU RECUEIL HEBDOMADAIRE

TRÈS RICHEMENT ILLUSTRÉ

Les six premières années (1873-1878) formant douze beaux volumes grand in-8⁰ et contenant plus de 3500 gravures sont en vente

Ce nouveau recueil hebdomadaire est une des lectures les plus attrayantes que l'on puisse mettre entre les mains de la jeunesse. Il contient des nouvelles, des contes, des biographies, des récits d'aventure et de voyages, des causeries sur l'histoire naturelle, la géographie, l'histoire sainte, les arts et l'industrie, etc., par

Mᵐᵉˢ COLOMB, EMMA D'ERWIN, ZÉNAÏDE FLEURIOT, JULIE GOURAUD, MARIE MARÉCHAL, DE WITT NÉE GUIZOT

MM. A. ASSOLANT, DE LA BLANCHÈRE, LÉON CAHUN, RICHARD CORTAMBERT, LOUIS ÉNAULT, J. GIRARDIN, AMÉDÉE GUILLEMIN, CH. JOLLIET, TH. LALLY, ÉTIENNE LEROUX, J. LEVOISIN, ERNEST MENAULT, EUGÈNE MULLER, LOUIS ROUSSELET, G. TISSANDIER, P. VINCENT, ETC.

ET EST

ILLUSTRÉ DE 3500 GRAVURES SUR BOIS

D'APRÈS LES DESSINS DE

É. BAYARD, PH. BENOIST, BERTALL, BONNAFOUS, BOUTET DE MONVEL, CASTELLI, CATENACCI, GRAFTY, HUBERT CLERGET, FAGUET, FÉRAT, FERDINANDUS, E. GILBERT, GODEFROY DURAND, KAUFFMANN, KOERNER, LIX, A. MARIE, MESNEL, MOYNET, A. DE NEUVILLE, JULES NOEL, P. PHILIPOTTEAUX, RÉGAMEY, RIOUX, SAHIB, SORRIEU, TAYLOR, THÉROND, VALNAY.

CONDITIONS DE VENTE ET D'ABONNEMENT

LE JOURNAL DE LA JEUNESSE paraît le samedi de chaque semaine. Le prix du numéro, comprenant 16 pages grand in-8°, est de 40 centimes.

Les 52 numéros publiés dans une année forment deux volumes.

Prix de chaque volume : broché, 10 fr.; cartonné en percaline rouge, tranches dorées, 13 fr.

PRIX DE L'ABONNEMENT

POUR PARIS ET LES DÉPARTEMENTS

UN AN (2 volumes)...........	20 FRANCS
SIX MOIS (1 volume).........	10 —

Prix de l'abonnement pour les pays étrangers qui font partie de l'Union générale des postes : Un an, 22 fr.; six mois, 11 fr.

Les abonnements se prennent à partir du 1er décembre et du 1er juin de chaque année.

BIBLIOTHÈQUE ROSE ILLUSTRÉE

Format in-18 jésus, à 2 fr. 25 le volume

La reliure en percaline rouge se paye en sus : tranches jaspées, 1 fr.
tranches dorées, 1 fr. 25.

1re SÉRIE. — POUR LES ENFANTS DE 4 A 8 ANS

Anonyme : *Chien et chat;* 3e édit.
1 vol. traduit de l'anglais par Mme A.
Dibarrart, avec 45 vignettes par E.
Bayard.

— *Douze histoires pour les enfants de
quatre à huit ans*, par une mère de
famille; 4e édit. 1 vol. avec 18 vignettes par Bertall.

— *Les enfants d'aujourd'hui*, par la
même; 3e édit. 1 vol. avec 40 vignettes par Bertall.

Carraud (Mme) : *Historiettes véritables ;* 4e édit. 1 vol. avec 94 vignettes par Fath.

Fath (G.) : *La sagesse des enfants*,
proverbes, avec 100 vignettes par l'auteur. 1 vol.

Laroque (Mme) : *Grands et petits;*
2e édit. 1 vol. avec 61 vignettes par
Bertall.

Marcel (Mme) : *Histoire d'un cheval de bois;* 3e édit. 1 vol. avec 20 vignettes par E. Bayard.

Pape-Carpantier (Mme) : *Histoires
et leçons de choses pour les enfants;*
8e édit. 1 vol. avec 85 vignettes.

Ouvrage couronné par l'Académie française.

Perrault, Mmes d'Aulnoy et **Le-
prince de Beaumont** : *Contes de
fées.* 1 vol. avec 65 vignettes par Bertall, Forest, etc.

Porchat (L.) : *Contes merveilleux;*
3e édit. 1 vol. avec 21 vignettes par
Bertall.

Schmidt (le chanoine Ch. von) :
190 *Contes pour les enfants*, traduits
de l'allemand par Van Hasselt; 3e édition. 1 vol. avec 29 vignettes par
Bertall.

Ségur (Mme la comtesse de) : *Nouveaux contes de fées;* 5e édit. 1 vol.
avec 46 vignettes par Gustave Doré et
H. Didier.

2e SÉRIE. — POUR LES ENFANTS DE 8 A 14 ANS

Achard (Amédée) : *Histoire de mes
amis.* 1 vol. avec 20 vignettes par E.
Bellecroix, A. Mesnel, etc.

Andersen : *Contes choisis*, traduits
du danois par Soldi; 5e édit. 1 vol.
avec 40 vignettes par Bertall.

Anonyme : *Les fêtes d'enfants*, scènes et dialogues ; 4e édit. 1 vol.
avec 41 vignettes par Foulquier.

Assollant (A.) : *Les aventures mer-
veilleuses, mais authentiques du capitaine Corcoran;* 3e édit. 2 vol. avec
50 vignettes par A. de Neuville.

Barrau (Th. H.) : *Amour filial;*
4e édit. 1 vol. avec 41 vignettes par
Férogio.

Bawr (Mme de) : *Nouveaux contes;*
4e édit. 1 vol. avec 40 vignettes par
Bertall.

Ouvrage couronné par l'Académie française.

Belèze : *Jeux des adolescents;* 4e édit
1 vol. avec 140 vignettes.

Berquin : *Choix de petits drames et
de contes;* 2e édit. 1 vol. avec 36 vignettes par Foulquier, etc.

Berthet (Élie) : *L'enfant des bois;*
5e édit. 1 vol. avec 61 vignettes.

Blanchère (de la) : *Les aventures de
La Ramée et de ses trois compa-
gnons;* 3e édit. 1 vol. avec 36 vignettes par E. Forest.

— *Oncle Tobie le pêcheur;* 2e édition.
1 vol. avec 80 vignettes.

Boiteau (P.) : *Légendes* recueillies ou composées pour les enfants; 2e édit. 1 vol. avec 42 vignettes par Bertall.

Carraud (Mme) : *La petite Jeanne ou le Devoir*; 6e édit. 1 vol. avec 21 vignettes par Forest.
  Ouvrage couronné par l'Académie française.

— *Les métamorphoses d'une goutte d'eau*, suivies des *Aventures d'une fourmi*, des *Guêpes*, etc.; 4e édit. 1 vol. avec 50 vign. par E. Bayard.

— *Les goûters de la grand'mère*; 3e édit. 1 vol. avec 18 vignettes par Bayard.

Castillon (A.) : *Les récréations physiques*; 5e édit. 1 vol. avec 36 vignettes par Castelli.

— *Les récréations chimiques*, 3e édit. 1 vol. avec 34 vignettes par Castelli.

Chabreul (Mme de) : *Jeux et exercices des jeunes filles*; 4e édit. 1 vol. contenant la musique des rondes et 62 vignettes par Fath.

Colet (Mme L.) : *Enfances célèbres*; 9e édit. 1 vol. avec 57 vignettes par Foulquier.

Contes anglais, traduits par Mme de Witt. 1 vol. avec 43 vignettes par Morin.

Edgeworth (Miss) : *Contes de l'adolescence*, traduits par Le François; 2e édition. 1 vol. avec 42 vignettes par Morin.

— *Contes de l'enfance*, traduits par le même. 1 vol. avec 27 vignettes par Foulquier.

— *Demain*, suivi de *Mourad le malheureux*; 2e édit. 1 vol. avec 29 vign. par Forest et E. Bayard.

Fénelon : *Fables*. 1 vol. avec 22 vignettes par Forest et E. Bayard.

Fleuriot (Mlle Zénaïde) : *Le petit chef de famille*; 3e édition. 1 vol. avec 57 vignettes par Castelli.

— *Plus tard, ou le jeune chef de famille*; 2e édit. 1 vol. avec 74 vignettes par Bayard.

— *En congé*; 3e édit. 1 vol. avec 61 vignettes par A. Marie.

— *Bigarrette*. 3e édit. 1 vol. avec 55 vignettes par A. Marie.

— *Un enfant gâté*; 2e édition. 1 vol. avec 48 vignettes par Ferdinandus.

Foë (de) : *La vie et les aventures de Robinson Crusoé*, traduites de l'anglais, édition abrégée. 1 vol. avec 40 vignettes.

Genlis (Mme de) : *Contes moraux*. 1 vol. avec 40 vignettes par Foulquier, etc.

Gouraud (Mlle Julie) : *Les enfants de la ferme*; 3e édit. 1 vol. avec 50 vignettes par E. Bayard.

— *Le Livre de maman*; 2e édit. 1 vol. avec 68 vignettes par E. Bayard.

— *Cécile ou la petite sœur*; 3e édit. 1 vol. avec 23 vignettes par Desandré.

— *Lettres de deux poupées*; 4e édit. 1 vol. avec 59 vignettes par Olivier.

— *Le petit colporteur*; 4e édit. 1 vol. avec 27 vignettes par A. de Neuville.

— *Les mémoires d'un petit garçon*; 5e édit. 1 vol. avec 86 vignettes par E. Bayard.

— *Les mémoires d'un caniche*; 4e édit. 1 vol. avec 75 vignettes par E. Bayard.

— *L'enfant du guide*; 3e édit. 1 vol. avec 60 vignettes par F. Bayard.

— *Petite et grande*; 2e éd. 1 vol. avec 48 vignettes par E. Bayard.

— *Les quatre pièces d'or*; 3e édit. 1 vol. avec 51 vignettes par E. Bayard.

— *Les deux enfants de Saint-Domingue*; 2e édit. 1 vol. avec 54 vign. par E. Bayard.

— *La petite maîtresse de maison*. 2e éd. 1 vol. avec 37 vignettes par A. Marie.

— *Les filles du professeur*; 2e édition. 1 vol. avec 36 vign. par Kauffmann.

— *La famille Harel*; 2e éd. 1 vol. avec 48 vign. par Valnay et Ferdinandus.

Grimm (les frères) : *Contes choisis*, traduits de l'allemand par Fr. Baudry. 1 vol. avec 40 vignettes par Bertall.

Hauff : *La caravane*, traduit de l'allemand, par A. Talon; 3e édit. 1 vol. avec 40 vignettes par Bertall.

— *L'auberge du Spessart*; traduit par le même; 3e édit. 1 vol. avec 61 vignettes par Bertall.

Hawthorne : *Le livre des merveilles*, traduit de l'anglais par L. Rabillon.
  1re série, avec 20 vign. par Bertall. 1 vol.
  2e série, avec 20 vign. par Bertall. 1 vol.
  Chaque série se vend séparément.

Hébel et Karl Simrock : *Contes allemands*, imités de Hébel et de Karl Simrock, par N. Martin ; 3e édit. 1 vol. avec 25 vign. par Bertall.

Johnson (R. B.) : *Dans l'extrême Far West*. Aventures d'un émigrant dans la Colombie anglaise, traduites de l'anglais par A. Talandier ; 2e édit. 1 vol. avec 20 vignettes par A. Marie.

Marcel (Mme Jeanne) : *L'école buissonnière*; 2e édit. 1 vol. avec 28 vignettes par A. Marie.

— *Le bon frère*; 2e édit. 1 vol. avec 21 vignettes par E. Bayard.

— *Les petits vagabonds ;* 2e édit. 1 vol. avec 25 vignettes par E. Bayard.

— *Histoire d'une grand'mère et de son petit-fils.* 1 vol. avec 36 vignettes par Délort.

Maréchal (Mlle). *La dette de Ben-Aïssa ;* 2e édition. 1 vol. avec 20 vign. par Bertall.

— *Nos petits camarades*, récits familiers ; 2e édit. 1 vol. avec 18 vign. par Bayard et H. Castelli.

— *La maison modèle.* 1 vol. avec 42 vignettes par Sahib.

Marmier : *L'arbre de Noël ;* 2e édit. 1 vol. avec 60 vignettes par Bertall.

Martignat (Mlle de) : *Les vacances d'Elisabeth.* 1 vol. avec 46 vign. par Kauffmann.

Mayne-Reid (le capitaine). Ouvrages traduits de l'anglais :

— *Les chasseurs de girafes*, traduit par H. Vattemare ; 3e édit. 1 vol. avec 10 vignettes par A. de Neuville.

— *A fond de cale*, traduit par Mme H. Loreau ; 3e édit. 1 vol. avec 12 grandes vignettes.

— *A la mer !* traduit par Mme H. Loreau ; 5e édit. 1 vol. avec 12 vignettes.

— *Bruin, ou les chasseurs d'ours*, traduit par A. Letellier. 1 vol. avec 8 grandes vignettes.

— *Le chasseur de plantes*, traduit par Mme H. Loreau. 1 vol. avec 12 vignettes.

— *Les exilés dans la forêt*, traduit par Mme H. Loreau ; 4e édit. 1 vol. avec 12 grandes vignettes.

— *Les grimpeurs de rochers*, traduit par Mme H. Loreau. 1 vol. avec 20 vignettes.

— *Les peuples étranges*, traduit par Mme H. Loreau. 1 vol. avec 8 vign.

— *Les vacances des jeunes Boërs*, traduit par Mme H. Loreau. 1 vol. avec 12 vignettes.

— *Les veillées de chasse*, traduit par H. B. Révoil. 1 vol. avec 43 vignettes par Freemann.

— *L'habitation du désert*, ou Aventures d'une famille perdue dans les solitudes de l'Amérique. Traduit par Le François. 1 vol. avec 24 vignettes par G. Doré.

Muller (Eugène). *Robinsonette ;* 3e éd. 1 vol. avec 22 vignettes par Lix.

Peyronny (Mme de), née d'Iele : *Deux cœurs dévoués ;* 3e édit. 1 vol. avec 53 vignettes par J. Devaux.

Les deux premières éditions ont paru sous le titre de : *Histoire de deux âmes.*

Pitray (Mme la vicomtesse de) : *Les enfants des Tuileries ;* 3e édit. 1 vol. avec 57 vignettes par Bayard.

— *Les débuts du gros Philéas ;* 2e édit. 1 vol. avec 17 vignettes par Castelli.

— *Le château de la Pétaudière ;* 2e édit. 1 vol. avec 78 vign. par A. Marie.

Rendu (V.) : *Mœurs pittoresques des insectes.* 1 vol. avec 49 vignettes.

Ouvrage couronné par la Société pour l'instruction élémentaire.

Sandras (Mme) : *Mémoires d'un lapin blanc ;* 3e édit. 1 vol. avec 20 vignettes par E. Bayard.

Ouvrage couronné par la Société pour l'instruction élémentaire.

Sannois (Mme la comtesse de) : *Les soirées à la maison ;* 2e édit. 1 vol. avec 42 vignettes par E. Bayard.

Ségur (Mme la comtesse de) : *Après la pluie le beau temps ;* 2e édit. 1 vol. avec 128 vignettes par E. Bayard.

— *Le mauvais génie ;* 3e édit. 1 vol. avec 90 vignettes par E. Bayard.

— *Comédies et proverbes ;* 6e édit. 1 vol. avec 60 vignettes par E. Bayard.

— *Diloy le chemineau ;* 4e édit. 1 vol. avec 90 vignettes par H. Castelli.

— *François le bossu ;* 5e édit. 1 vol. avec 114 vignettes par E. Bayard.

— *Jean qui grogne et Jean qui rit ;* 6e édit. 1 vol. avec 70 vignettes par Castelli.

— *La fortune de Gaspard;* 5e édit.
1 vol. avec 32 vignettes par Gerlier.

— *La sœur de Gribouille;* 6e édit.
1 vol. avec 72 vignettes par Castelli.

— *L'auberge de l'ange gardien;* 10e édition. 1 vol. avec 75 vignettes par Foulquier.

— *Le général Dourakine;* 9e édit.
1 vol. avec 100 vign. par E. Bayard.

— *Les bons enfants;* 7e édit. 1 vol.
avec 70 vignettes par Ferogio.

— *Les deux nigauds;* 8e édit. 1 vol.
avec 76 vignettes par Castelli.

— *Les malheurs de Sophie;* 11e édit.
1 vol. avec 48 vignettes par Castelli.

— *Les petites filles modèles;* 8e édit.
1 vol. avec 21 grandes vignettes par Bertall.

— *Les vacances;* 6e édit. 1 vol. avec
36 vignettes par Bertall.

— *Mémoires d'un âne;* 9e édit. 1 vol.
avec 75 vignettes par Castelli.

— *Pauvre Blaise;* 3e édit. 1 vol. avec
65 vignettes par Castelli.

— *Quel amour d'enfant!* 5e édit. 1 vol.
avec 79 vignettes par E. Bayard.

— *Un bon petit diable :* 7e édit. 1 vol.
avec 100 vignettes par Castelli.

Stolz (Mme de) : *La maison roulante;*
4e édit. 1 vol. avec 20 vignettes par E. Bayard.

— *Le trésor de Nanette;* 3e édition.
1 vol. avec 25 vignettes par E. Bayard.

— *Blanche et noire;* 3e édit. 1 vol.
avec 54 vignettes par E. Bayard.

— *Par-dessus la haie;* 3e édit. 1 vol.
avec 56 vignettes par A. Marie.

— *Les poches de mon oncle;* 2e édit.
1 vol. avec 20 vignettes par Bertall.

— *Les vacances d'un grand-père;* 2e éd.
1 vol. avec 40 vign. par G. Delafosse.

— *Quatorze jours de bonheur;* 2e édit.
1 vol. avec 45 vignettes par Bertall.

— *Le vieux de la forêt;* 2e édit. 1 vol.
avec 40 vignettes.

— *Le secret de Laurent.* 1 vol. avec
32 vignettes par Sahib.

Switt : *Voyages de Gulliver à Lilliput, à Brobdingnay et au pays des Hanyhnhums;* traduits de l'anglais et abrégés à l'usage des enfants. 1 vol. avec 75 vignettes par G. Delafosse.

Taulier (Jules) : *Les deux petits Robinsons de la Grande-Chartreuse;* 4e édit. 1 vol. avec 69 vignettes par E. Bayard et Hubert Clerget.

Tournier : *Les premiers chants;* poésies à l'usage de la jeunesse. 1 vol. avec 20 vignettes par Gustave Ronx.

Vimont (Ch) : *Histoire d'un navire;* 6e édit. 1 vol. avec 40 vignettes par Alex. Vimont.

Witt, née Guizot (Mme de) : *Enfants et parents;* 2e édit. un vol. avec 34 vignettes par A. de Neuville.

— *La petite fille aux grand'mères;* 2e édition. 1 vol. avec 36 vign. par Beau.

— *En quarantaine,* jeux et récits. 1 vol.
avec 48 vignettes par Ferdinandus.

3e SÉRIE. — POUR LES ADOLESCENTS

ET POUVANT FORMER UNE BIBLIOTHÈQUE POUR LES JEUNES FILLES
DE 14 A 18 ANS.

VOYAGES

Agassiz (M. et Mme): *Voyage au Brésil;* traduit de l'anglais par Vogell et abrégé par J. Belin de Launay. 1 vol. avec 10 gravures et une carte.

Aunet (Mme L. d') : *Voyage d'une femme au Spitzberg;* 4e édit. 1 vol. avec 34 gravures.

Baines (Th.) : *Voyage dans le sud-ouest de l'Afrique,* traduits et abrégés par J. Belin de Launay; 2e édit. 1 vol. avec 1 carte et 22 gravures.

Baker : *Le lac Albert,* nouveau voyage aux sources du Nil, abrégé sur la traduction de Gustave Masson par J. Belin de Launay; 2e édition. 1 vol. avec 16 gravures et 1 carte.

Baldwin : *Du Natal au Zambèze,* 1851-1866. Récits de chasse. Traduits par Mme Henriette Loreau et abrégés par J. Belin de Launay ; 2e édit. 1 vol. avec 24 gravures et 1 carte.

Burton (Le capitaine) : *Voyages à La Mecque, aux grands lacs d'Afrique et chez les Mormons,* abrégés par J. Belin de Launay ; 2e édit. 1 vol. avec 12 gravures et 3 cartes.

Catlin : *La vie chez les Indiens,* traduit de l'anglais ; 4e édit. 1 vol. avec 25 gravures.

Fonvielle (W. de) : *Le glaçon du Polaris,* aventures du capitaine Tyson racontées d'après les publications américaines ; 2e édition. 1 vol. avec 19 gravures et 1 carte.

Hayes (Dr) : *La mer libre du pôle.* Traduction de M. F. de Lanoye. 1 vol. avec 14 gravures et 1 carte.

Hervé et de Lanoye : *Voyage dans les glaces du pôle arctique ;* 4e édit. 1 vol. avec 40 gravures.

Lanoye (Ferd. de) : *Le Nil et ses sources ;* 3e édit. 1 vol. avec 32 gravures et cartes.

— *Ramsès-le-Grand,* ou *l'Égypte il y a trois mille trois cents ans ;* 2e édition. 1 vol. avec 39 vignettes par Lancelot, Bayard, etc.

— *La Sibérie ;* 2e édition. 1 vol. avec 48 vignettes par Lebreton, etc.

— *Les grandes scènes de la nature ;* 3e édit. 1 vol. avec 40 gravures.

— *La mer polaire,* voyage de l'*Erèbe* et de la *Terreur,* et expédition à la recherche de Franklin ; 3e édit. 1 vol. avec 29 gravures et des cartes.

Livingstone : *Explorations dans l'Afrique australe,* abrégées par J. Belin de Launay. 1 vol. avec 20 gravures et 1 carte.

— *Dernier journal,* abrégé par J. Belin de Launay. 1 vol. avec 36 gravures et 1 carte.

Mage (L.) : *Voyage dans le Soudan occidental,* abrégé par J. Belin de Launay. 2e édit. 1 vol. avec 16 gravures et 1 carte.

Milton et Cheadle : *Voyage de l'Atlantique au Pacifique,* traduit et abrégé par J. Belin de Launay. 1 vol. avec 16 gravures et 2 cartes.

Mouhot (Ch.) : *Voyages dans les royaumes de Siam, de Cambodge et de Laos,* relation extraite du Journal de l'auteur, par F. de Lanoye. 1 vol. avec 28 gravures et 1 carte.

Palgrave (W.G.) : *Une année dans l'Arabie centrale,* traduction abrégée par J. Belin de Launay. 1 vol. avec 12 gravures et une carte.

Perron d'Arc : *Aventures d'un voyageur en Australie ; neuf mois de séjour chez les Nagarnooks ;* 2e édit. 1 vol. avec 24 vignettes par Lix.

Pfeiffer (Mme Ida) : *Voyages autour du monde* abrégés par J. Belin de Launay ; 2 édit. 1 vol. avec 17 gravures et 1 carte.

Piotrowski : *Souvenirs d'un Sibérien ;* 2 édit. 1 vol. avec 10 gravures.

Ouvrage couronné par la Société pour l'Instruction élémentaire.

Schweinfurth (Dr) : *Au cœur de l'Afrique* (1866-1871). Traduction de Mme H. Loreau ; abrégée par J. Belin de Launay. 1 vol. avec 16 gravures et 1 carte.

Speke : *Les sources du Nil,* édition abrégée par J. Belin de Launay des Voyages de Speke et de Grant ; 3e éd. 1 vol. avec 24 gravures et 3 cartes.

Stanley : *Comment j'ai retrouvé Livingstone.* Traduction de Mme Loreau, abrégée par J. Belin de Launay. 1 vol. avec 16 gravures et 1 carte.

Vambéry (A.) : *Voyages d'un faux derviche dans l'Asie centrale,* traduits de l'anglais par E. D. Forgues et abrégés par J. Belin de Launay ; 2 édit. 1 vol. avec 18 gravures et 1 carte.

HISTOIRE

Le loyal serviteur : *Histoire du gentil seigneur de Bayard,* revue et abrégée, à l'usage de la jeunesse, par Alph. Feillet ; 2e édit. 1 vol. avec 36 vignettes par P. Sellier.

Monnier (Marc) : *Pompéi et les Pompéiens* ; 3e édit. à l'usage de la jeunesse. 1 vol. avec 22 vignettes par Thérond.

Plutarque : *Vies des Grecs illustres*, édition abrégée par Alph. Feillet sur la traduction de M. E. Talbot ; 2e édit. 1 vol. avec 53 vignettes par P. Sellier.

— *Vies des Romains illustres*, édition abrégée par A. Feillet sur la traduction de M. Talbot. 1 vol. avec 69 vignettes par P. Sellier.

Retz (cardinal de) : *Mémoires*, abrégés par Alph. Feillet. 1 vol. avec 35 vign. par Gilbert, etc.

LITTÉRATURE

Bernardin de Saint-Pierre : *Œuvres choisies*. 1 vol. avec 12 vignettes par E. Bayard.

Cervantes : *Histoire de l'admirable don Quichotte de la Manche*, édition à l'usage de la jeunesse. 1 vol. avec 64 vignettes par Bertall et Forest.

Homère : *L'Iliade et l'Odyssée*, traduites par P. Giguet et abrégées par Alph. Feillet. 1 vol. avec 33 vignettes par Olivier.

Le Sage : *Aventures de Gil Blas*, édition à l'usage de l'adolescence. 1 vol. avec 50 vignettes par Leroux.

Mac-Intosch (Miss) : *Contes américains*, traduits par Mme Dionis. 2 vol. avec 120 vignettes par E. Bayard.

Maistre (Xavier de) : *Œuvres choisies*. 1 vol. avec 15 vignettes par E. Bayard.

Molière : *Œuvres choisies*, abrégées à l'usage de la jeunesse. 2 vol. avec 22 vignettes par Hilemacher.

Virgile : *Œuvres choisies*, traduites et abrégées à l'usage de la jeunesse, par Th. Barrau et Alph. Feillet. 1 vol. avec 20 vignettes par P. Sellier.

Paris. — Impr. E. Capiomont et V. Renault, rue des Poitevins, 6.

BIBLIOTHÈQUE ROSE ILLUSTRÉE

(suite)

Le Sage. *Aventures de Gil Blas,* édition destinée à l'adolescence. 1 vol. 42 vignettes.

Loyal serviteur (Le). *Histoire du chevalier Bayard.* 1 volume illustré.

Mac Intosch (Miss). *Contes américains,* trad. par Mme Dionis. 2 vol. 120 vign. par E. Bayard.

Maistre (Xavier de). *OEuvres choisies.* 1 vol. 20 vignettes par Bayard.

Marcel (Mme Jeanne). *Les petits vagabonds.* 1 vol. 25 vignettes par E. Bayard.
— *Histoire d'un cheval de bois.* 1 vol. 20 vignettes par E. Bayard.

Marc-Monnier. *Pompéi et les Pompéiens.* 1 vol. 20 vign. par Thérond.

Martin. *Les contes allemands,* imités de Hébel et de Karl Simrock. 1 vol. 25 vignettes par Bertall.

Mayne-Reid (le capitaine). Ouvrages traduits de l'anglais.
— *A fond de cale !* 1 vol. 12 vignettes.
— *A la mer !* 1 vol. 12 vign.
— *Bruin, ou les chasseurs d'ours,* 1 vol. 8 vignettes.
— *Le chasseur de plantes,* 1 vol. 12 vign.
— *Les exilés dans la forêt,* 1 vol. 12 vign
— *Les grimpeurs de rochers,* 1 vol. 20 vignettes.
— *Les peuples étranges.* 1 vol. 8 vignettes.
— *Les vacances des jeunes Boërs,* 1 vol. 12 vignettes.
— *Les veillées de chasse.* 1 vol. 43 vign.
— *L'Habitation du désert,* ou Aventures d'une famille perdue dans les solitudes de l'Amérique. 1 vol. 24 vignettes par Gustave Doré.

Molière. *OEuvres choisies* et abrégées à l'usage de la jeunesse. 22 vignettes sur bois par E. Hillemacher. 2 vol.

Cape-Carpentier (Mme). *Histoires et leçons de choses pour les enfants.* 1 vol. illustré de 80 vignettes.

Perrault, Mmes d'Aulnay, Le prince de Beaumont. *Contes de Fées.* 1 vol. 40 vignettes par Bertall.

Porchat. *Contes merveilleux.* 2e édition. 1 vol. 21 vignettes par Bertall.

Pitray, née de Ségur (Mme la vicomtesse de). *Les Enfants des Tuileries,* 1 vol. 25 vignettes par E. Bayard.
— *Les Débuts du gros Philéas.* 1 vol. 57 vignettes par H. Castelli.

Plutarque. *Les Grecs illustres,* édition abrégée sur la traduction de M. Talbot, par Alph. Feillet, et illustrée de vign. par P. Sellier.

Retz (cardinal de). *Mémoires* abrégés par Alph. Feillet, 39 vignettes par Gilbert. 1 volume.

Ségur (Mme la comtesse de). *Nouveaux contes de fées.* 4e édition. 1 vol. 46 vignettes par G. Doré et H. Didier.
— *Mauvais Génie.* 1 vol. 80 vignettes par E. Bayard.
— *Quel amour d'enfant !* 1 vol. 74 vignettes par E. Bayard.
— *La Fortune de Gaspard.* 1 vol. 33 vignettes par Gerlier.
— *Comédies et Proverbes.* 1 vol. 60 vignettes par E. Bayard.
— *François le Bossu.* 2e édition. 1 vol. 100 vignettes par E. Bayard.
— *Jean qui grogne et Jean qui rit.* 1 vol. 80 vignettes par Castelli.
— *La Sœur de Gribouille.* 2e édition. 1 vol. 70 vign. par Castelli.
— *L'Auberge de l'Ange-Gardien* 3e édition. 1 vol. 75 vignettes par Foulquier.
— *Le général Dourakine.* 3e édition. 1 vol. 108 vignettes par E. Bayard.
— *Les Bons Enfants.* 3e édition. 1 vol. 70 vignettes par Ferogio.
— *Les Deux Nigauds.* 3e édition. 1 vol. 70 vignettes par Castelli.
— *Les Malheurs de Sophie.* 4e édition. 1 vol. 42 vign. par Castelli.
— *Les Petites Filles modèles.* 5e édition. 1 vol 21 gr. vignettes par Bertall.
— *Les Vacances.* 4e édition. 1 vol. 40 vignettes par Bertall.
— *Mémoires d'un Ane.* 6e édition. 1 vol. illustré par Castelli.
— *Pauvre Blaise.* 1 vol. 76 vignettes par H. Castelli.
— *Un bon petit Diable.* 1 vol. 100 vignettes par H. Castelli

Speke. *Les Sources du Nil,* édition abrégée des Voyages de Speke et de Grant. 1 vol. 24 vignettes et 3 cartes.

Stolz (Mme de). *Le Trésor de Nanette.* 1 vol. 35 vign. par E. Bayard.

Swift. *Voyages de Gulliver à Lilliput, à Broodingnag et au pays des Houyhnhnms,* abrégés à l'usage des enfants. 1 vol. 57 vignettes

Taulier, *Les Robinsons de la Grande-Chartreuse.* 1 vol. 40 vign. par E. Bayard et Hubert-Clerget.

Tournier. *Les Enfantines,* poésies à l'usage de la jeunesse. 20 vignettes par Gustave Roux.

Vambéry (Arminius). *Voyage d'un faux Derviche dans l'Asie centrale,* édition abrégée. 1 vol. 16 vignettes et 1 carte.

Vimont (Ch.). *Histoire d'un navire.* 4e éd. 1 vol. 40 vignettes par Alex. Vimont.

Virgile. *OEuvres choisies,* traduites et abrégées par Th. Barrau et Alph. Feillet. 1 vol. 20 vignettes par Sellier.